달
몰
이

달몰이

Le Meneur de lune

조에 부스케 — 류재화 옮김

봄날의책

내 삶에 모든 추억들을 모아주신

크리야 님에게

— J. B.

차례

제1부

내 그림자 곁에서

I

스무 살에, 나는 포탄을 맞았다. 내 몸은 삶에서 떨어져 나갔
다. 삶에 대한 애착으로 나는 우선은 내 몸을 파괴하려 했다. 그
러나 해가 가면서, 내 불구가 현실이 되면서, 나는 나를 제거해
야겠다는 생각을 그만두었다. 상처받은 나는 이미 내 상처가
되어 있었다. 살덩이로 나는 살아남았다. 살덩이는 내 욕망들
의 수치였다.

나라는 존재는 절단으로 이미 축소되었는데, 날 죽여야겠다
는 결심은 추억처럼 되살아났다. 불행이 제아무리 많아도 불행
을 느낄 감각조차 없으면 고통스럽지 않다. 감각적 쾌락을 좇
는 내 영혼 탓에 나는 내 협소한 삶 안으로 더 깊이 들어오고 말
았다. 감각이 없어지게 되었으나 생각하는 대신 느꼈다. 남자
로서의 내 삶은 폐허가 되었다. 그런데 이것이 내 불구를, 나를
구했다. 나는 여자처럼 살았다. 정신을 잉태했고, 정신을 내 감
각들로 젖 먹이었다.

나를 망가뜨린 사건을 부조로 모두 새기는 데 수년이 필요했
다. 그 순간은 두 문 사이에 끼어 있다. 날 경색시켜 고통조차
느낄 수 없게 만들었던 그 시간, 모든 것이 날 떠났다. 한 인간
의 폐허는 그가 잃어버린 것에 따라 가늠되는 게 아니라, 그가
어떠한가에 따라 가늠된다. 내 정신적 폐허는 깊고도 깊다. 내

의식은 내 위대한 불운에 맞먹는다. 그래, 그렇게 말해야 할 것이다.

그들은 생명의 위험을 무릅쓰고 나를 전장에서 빼냈다. 내가 누워 있는 텐트 천의 가장자리를 잡고, 침착하고 재치있게 땅의 기복을 이용하였다. 눈빛을 교환하며 잎이 우거진 곳 밑으로 나를 밀어넣었다. 화염에서 이송되어온 내가 충격에 정신을 잃지 않도록 그들은 온 정성을 다했다. 나는 내 죽은 장화를 보았다. 내 몸은 나와 함께 있었으나 죽은 개였다. 삶을 다 싣기에 추억은, 감각은 역부족이다. 동료의 목소리는 이제 목소리에 불과했다. 발걸음은 이제 발걸음의 소리에 불과했다. 전혀 다른 밤, 침묵이 만들어졌으므로 접근할 수 있는 밤. 내 침묵을 맞아주고 내 침묵과 하나 되게 하는 그 밤.

시간이 흘렀다. 잠을 자는 시각에도, 그 외면된 시각에도 태양을 보는 것이 두려워 내 심장은 급하게 뛰었다. 새벽빛이 제 모습을 드러냈다 지웠다 하는 새벽 4시, 나는 눈꺼풀에 힘을 주었고, 밤의 요를 덮었다. 꿈속에서, 깃털이 눈부신 꿩을 보았다. 아침이었다.

내 고통은 우선은 나도 그 이유를 모르겠는 내적 평온으로 나타났다. 그리고 이어 진짜 고통이 왔다. 내 무능함 때문에 생긴 부조리한 기쁨에 두려움의 그림자가 이어진다.

그 황홀을 깨는 게 두려워 나는 낮은 소리로 말했다.

그토록 깊이 잘린 인생이라면 나는 내 자유를 다시 만들고 싶었다.

내 불구가 내 존재를 먹이 삼는 것을 받아들이며, 시간을, 나에게 주어진 시간을 알아서 처분하기로 했다.

나는 내 성격을 바꾸고, 내 기질을 훼손하고 싶었다. 나는 충격으로 인한 치명적 결과들을 피하려 했다. 나의 탄생으로 가능해진 것들을 모두 의심했다.

끊임없는 공부를 통해 나는 나를 문화-존재로 바꾸었다.

내 단점이 눈에 보였고, 나는 그것을 맹목적으로 느꼈다. 내 경험이 나를 죄책감으로 짓누르면 짓누를수록 나는 그 죄책감을 더욱 고집스럽게 추구하였다. 죄책감으로 자책이 생기면 나는 그 자책을 열렬히 추구하였다.

자책에 그림자처럼 따라다니는 자격지심을 피하기 위해 나는 더욱 노력했다.

어느 날, 나 자신이 부끄러웠다. 친구들의 눈 속에 나는 없었다. 나는 한 버려진 남자의 분노를 느꼈다. 효과적인 구조 활동을 절대 할 수 없는 남자. 위험에 처한 의식을 가서 도와줄 수 없는 유약한 개체. 나는 그런 자였다. 내가 만들어놓은 형국 때문에 경험을 심화할 수 없어 몹시 불행해진 나는 속으로 말했다. "나는 다 포기했으나 포기만큼은 포기하지 못했군." 자유롭다는 느낌에 나는 절망했다. 건너갈 대안 앞에서도 내 정신은 아주 무심했고, 이런 나는 심각한 선고를 받은 것 같았다.

어떻게 인간이 자기가 선택한 것에 대한 대가가 아닌가? 나는 나를 생각에 굴복시키며 불타오르다가도 생각이 아닌 현실에서 내가 보이면 기분이 울적해졌다. 불확실한 생각을 떨쳐내기 위해 생각에 어떤 내용물을 줄 것인지 나 자신에게 열렬히 물었다. 나를 보며 울지 않고도 날 해방시킬 수 있는 세계는 없을까?

사람은 누구나 자기 자신을 알고 싶어 한다. 이 말은 아는 것을 다시 새롭게 알고 싶다는 뜻일까? 아니면 아는 것을 늘여 자신에게까지 다 펼쳐놓고 싶다는 뜻일까?

사람은 누구나 실존은 그 자체에 특별한 경험 영역이 있다고 믿는다. 그런데 실존 자체는 아는 능력이 없다. 실존하면 되었지 알아야 한다고는 하지 않는다. 그러나 실존은 빼앗긴 것을 더 알게는 해준다.

그렇다면 실존하는 것이 아는 것의 궁극이라고 말할 수 있을지 모른다.

너 자신을 알라, 누군가 너에게 요구할 때, 그것은 너라는 인간을 뒤덮고 있는 밤을 파헤쳐보라는 말일 것이다. 네가 어떻게 만들어졌는지 알 수 없으면 네가 알지 못하는 것의 속까지 파보아야 하는 것이다.

우리들 각자는 자기 개성 속에 감추어져 있다. 각자 삶에 대한 개념이 있지만 정작 없는 것은 자기 자신에 대한 정확한 시각이다. 실존이 흘러갈 때 무엇인가가 덧붙는다면 상상력이 임의대로 발휘되도록 극단의 노력을 다할 때뿐이다. 그럴 때 '나'는 단순히 존재의 산물은 아니다. 이 개념화된 '나'에서는 생각이 이 산물적 존재의 경쟁자다.

육신-존재는 의식에서 떨어져 나간 파국이다. 지나가는 사람들 틈에서, 나무들 틈에서, 더 이상 어떤 것으로 나뉘지 않는 이 '나'라는 시험 대상을 자기 구조 안에 가둬놓고 있는 온갖 보이는 물체들 틈에서 '나'는 이 육신-존재 때문에 전율한다. 정확한 인물 형태가 늘 그 앞에, 혹은 그 뒤에 있기를 바라며 영원한 꿈을 꾼다.

선고받은 자로서의 그를 말해야 한다. 가끔은 그에게서 말을 제거해야 한다. 그 인물에게서 자기 희망이었던 것을 잘라내지 않는 이상 그를 잘 모를 것이다.

내가 최상으로 완성할 것의 그림자가 되기. 사람들이 내 불운을 곰곰이 생각하며 상상하게 될 자와 그 어떤 것에서도 다르지 않기. 육체적 추락을 했어도 그 인간에게서 결코 뽑아갈 수 없었던 것 속으로 완전히 들어가기.

존재들, 사물들 그리고 사실들을 보는 내 시선, 그것은 영원히 내 심장과 함께 홀로 있겠지.

매일 아침 불안에 잠을 깬 나는 난파당한 자의 공포를 느꼈다. 매일 찾아오는 시련이 나 태어난 그 흐릿한 날을 되불러냈다. 간호사가 나를 살리려 애쓰고 있었다. 의식이 깨어나면서 나의 어머니는 나의 아버지가 이렇게 말하는 소리를 들었다. "이런, 아들이잖아!"

일 년 후, 방 청소하는 하녀가 덫에 걸린 나를 발견했는데, 나는, 그때, 갑작스레 죽은 유모의 팔에 안겨 놀고 있었다. 내가 겪은 이 모든 것이 실존이라는 개념을 던진다. 그러나 나만의 눈으로 볼 때 내 삶은 그냥 달콤함이었을 수도 있다. 나는 이 세상에 살고 있었던 것이 아니라 지극히 단순한 시선 속에 살고 있었다. 나의 '나'는 내 안에 없었다. 나의 '나'는 나를 찾아 모든 것을 건너와 내 몸의 폐허 속으로 들어왔다. 사람들은 내가 불행하다고 믿었다. 사람들은 내 상처를 그들의 시선으로 보았다. 그들은 수평선이었다. 나라는 것은 나인 모든 것을 뺀 것이었다. 내 날들이 그것을 완전히 뒤덮지 못하도록 나는 일을 한다. 나는 내 삶을 일상의 외양으로부터 해방시킨다.

자기식으로 쉽게 할 수 있는 말을 삼촌 말투로 하는 그를 용서하시기를. 그는 찰 만큼 찼으므로 떠든다. 그렇게 자기 말을 내놓으면서 호흡을, 자유를 되찾아야 한다.

자기만 아는 속내 이야기를 하는데 재산 많고 유산 많은 자들의 거위 깃털을 사용하는지 모른다. 속내 이야기라는 것도 혼자 있을 수 있는 세계에서는 지극히 진부한 것이지만.

어쨌든, 그가 그의 먹이이다. 한데, 이 작가는 언어가 아름다움 자체일 때만 쓰겠다고 한다.

한 애석한 사고로 그는 창문 아래로 떨어졌고 누군가가 그와 함께 아주 큰 조각 하나를 주웠다. 십자가는 내용물 없는 이 여린 동요를 유리하게 해석해줄 것이다.

아스팔트 위에 눈이 한참 내린 후, 그는 수천 개의 다리가 달린 미세한 씨들을 뿌렸고 거기서 장미나무 싹이 났다. 봄이, 여름이 왔고, 식물들은 꽃을 피웠으며, 결코 드러나지 않을 것을 그 꽃들과 함께 감추었다. 죽어가는 자를 구하기 위해 가지들을 분리한 자들은 이젠 그를 찾지 못할 것이다. 업무의 고단함이 그를 찾는 일을 잊게 할 것이다. 부상자의 부재, 실종자의 발호.

사람들은 그가 절망했다고 믿었다. 그는 희망에 다름 아니었다. 사람들은 그걸 힘주어 말한다. 그는 나약함에 다름 아니다.

사람들은 그가 구원되었다고 생각한다. 그는 파손이다, 만일 구원된 거라면.

고통은 그 자체로는 증오스러운 것이 아니다. 왜냐하면 우리가 그것과 싸워야 하는 것은 무척이나 자연스러운 일이기 때문이다. 자기 감각 안에 감금되어 있는 인간은 고통을 극복할 수 있게 해주는 것은 모두 불러내야 한다.

그는, 언젠가는 산 높은 곳에서 자신이 감금되어 있던 건물을 보고야 말겠다는 죄수를 닮았다. 자기 몸이 자신 위에 그토록 큰 그림자를 만들면 그 몸에서 떨어져 나와 멀찍이 물러난다. 태양이 그 몸을 바라보듯 한다. 그리고 한바탕 웃음으로 자신을 알아본다.

그러니 그만 생각하자 한다. 나는 뭔가? 자기 존재 정상에 있던 실존, 나는 그 천벌이다. 망가진 장소, 바로 거기서 삶이 희망으로 바뀌는 건 죽음을 예고하는 그림자가 그나마 상상할 것을 남겨놓았기 때문이다. 나는 내 안에서 자라는 거대한 존재의 상처다. 거대한 존재라니, 그건 아주 조금 더 위대한 한 인간의 의식이다. 나는 쇠락밖에 구현하지 못할 것이고. 그런데 아마 이러한 감정은 내 쇠락의 신호에 다름 아닐 것이다.

정신적 의식으로 보는 것이 '나'이다. '나'는 기호에 불과하다. 그런 나로 자신의 심중 속에서나 알 수 있을 것을 자기 안에서 포착하는 것이다. 선도 악도 아닌 것이 의식의 산물이다. 의식은 이것들의 반목의 산물이다.

인간은 자기가 아닌 모든 것에도 책임을 져야 한다. 아니 별것도 아닌 자기 이전의 모든 것에까지 책임을 져야 한다. 그것이 인간의 위대함이며 인간의 절망이다. 자기 고유의 호흡에 상응하는 모든 개념 너머에 있는 것까지 알아야 한다니.

고통은 악의 형태를 띤다. 그러나 그것은 우리의 책임감이 우리의 존재를 능가한다는 증거이기도 하다. 고통을 느끼는 자는 못되게 군다. 하지만 고통은 그에게 온 이상 은혜로운 것이다. 고통은 그의 못된 마음을 바깥으로 꺼내어 그것을 이기게 만든다. 육체에서 느껴지는 고통, 장점을 얻은 게 아니라 단점을 얻게 된 일이다, 그런데 퍽이나 고맙게도.

고통 한가운데서, 고통보다 내가 더 오래 살아남았지만 이 고통만큼이나 집요한 어떤 것이 내 기질 안에 있다.

3

나는 폐허가 된 마을의 바람 속에서 거대한 문을 다시 보았다. 한 생의 구원이라는 것이 이런 걸까? 그 단 하나의 상. 나는 한껏 높아진 푸른 여름 하늘을 다시 보았다. 나는 추위 아래 떨던 겨울 풍경이었다. 겨울 시냇물에 죽은 새들이 떠내려왔다. 나는 감옥이었다. 나는 고독이었다. 그러나 희망이기도 했다. 나는 고통이었으므로.

나는 속으로 말했다. "내가 잡고 있는 것은 나의 내해(內海)." 나는 하루하루에서 내 삶을 찾지 않았다. 삶은 날들 이전에 있으며, 삶은 사실들을 어떻게 잇느냐에 따라 드러난다. 사실들은 서로가 서로에게 복종한다. 나는 나라는 사람의 꿈에 열려 있는 삶이 아니라, 나에게 닫혀 있는 삶에 예속되기를 원하였다.

나를 이송하던 야전 구급차 안에서 군의관이 몸을 돌려 간호사와 낮은 목소리로 몇 마디를 나누었다. 내게 먹을 것도, 마실 것도 주어선 안 된다는 말을 할 때만 그는 목소리를 높였다. 어둠 속에서, 갑자기, 램프 빛에 눈이 부셔 나는 정신이 돌아왔다. 한 예쁜 여자가 입술 위에 손가락을 대고 내게 다가왔다. 그 여자 그림자 속에 나만큼 젊은 군의관이 숨어 있었고, 여자는 그에게서 무엇인가를 받더니, 몸을 돌렸다. 그리고 무언가를 까서 내게 주었다. 오렌지였다. 그사이, 완전한 침묵 속에서,

장교는 주사를 준비하고 있었다. 나에게 모르핀을 놓으려는 거였다. 마치 나에게서 목숨을 빼앗아갈 것처럼 그들은 신중했다. 젊은 아가씨의 머릿수건에는 십자가 핀이 꽂혀 있었다.

기이한 공포에 나는 눈을 떴다. 벌 하나가 내 이마 주변을 배회하고 있었다. 내가 누워 있던 좁은 텐트 천이 서서히 밝아졌다. 벌을 아무리 쫓으려 해도 쫓아지지 않았다. 나는 나를 구원해줄 수도 있을 그 예쁜 간호사를 연신 눈으로 찾았다. 그런데 그 벌은 내 꿈과 함께 날아갔다. 나는 키스 소리에 잠이 깼다. 그건 내 격리 침상 바로 옆에서 패주의 소란 틈에 내몰린 연인들이 나누던 키스였다. 텐트 천 안쪽이 흔들렸고, 번개 같은 빛이 방을 가로질렀다. 간호사가 내 위에 몸을 구부리고 있었다. 내 뜬 눈은 그녀를 알아보았다. 다시 그녀는 입술 위에 손가락을 댔다. 나는 말해야만 했다. 그녀가 웃으며 나에게 이렇게 물었으니까. "왜 저를 하얀 벌이라 부르죠?"

나는 아까부터 말을 한다. 내가 말을 시작하는 것이 아니다. 나는 추억의 숨결일 뿐이며, 추억들이 내 말이 되어버렸다. 나의 과거는 여름밤 검은 풀 위에 서 있는 한 그루 나무의 보이지 않는 그림자. 어둠이, 별들이 아름답게 침묵하고 있는 저 먼 하늘을 지운다.

추억은 고독 속의 나를 앞질러 갔고, 나는 추억을 다시 보느라 고독 속에 칩거했다. 나는 고독은 알아본다. 고독에 빠진 나는 못 알아봐도. 그것을 다시 세상에 내놓을 수도 있을 것이다. 세상이 그들 눈으로 나를 보지만 않는다면.

내 추억들은 어디 있는가? 산 정상 호수의 반사광처럼 아주 멀리 있으면서도 언제든 내 의사에 따라 현존한다. 왜냐하면 내 삶은 그 호수에서 솟구치는 번개이기 때문이다.

나는 내 삶의 그림자일 뿐이지만 그 추억들을 하나하나 연다. 추억은 내게 충실하다. 추억이 나이므로. 어떤 것도 추억과 나를 분리할 수 없다. 내가 그 속에 있으므로.

나는 어린 시절 모든 여름을 마르세앙의 수도원에서 보냈다. 수도원 건물은 네모 탑 하나에 이어져 있었다. 다 허물어진 폐허에서 탑만 홀로 살아남았다. 떡갈나무와 소나무 가지들이 수도원 건물 위층의 늘 닫혀 있던 덧창들을 건들었다. 왼쪽과 오른쪽으로 연장된 건물 벽들이 정원을 에워싸고 있어, 수도원 건물 입구가 숲의 정문이 되어 있었다.

우리 작가들의 열망은 사물들 속에 묻혀 있는 아름다움을 예감하는 것이다.

시 작품이 시의 속성은 아니다. 시는 영혼 속의 지평선이다. 죽음에 와서야 흡입하게 될 것들을 미리 보는 일이다.

작품이라는 닫힌 화병 속에다 아름다움을 결정(結晶)시키는 게 아니다. 우리는 우리 안에 이미 표명된 모든 시를 지니고 있다. 우리는 사물의 미(美)가 우리에게 시적 의식을 만들어주도록 도와야 한다.

진실이라는 것은 의식이 나를 이기도록 준비해주는 것이며, 실재를 사랑하는 것은 드러나고야 말 아름다움을 예감하는 일이다. 자기 열정 속에 빠질 준비를 마친 심장의 마지막 전율.

눈물은 포착할 수 없는 존재의 현존이며, 얼어붙은 부동성을 유일하게 기만하는 것이다. 눈물은 또 다른 것이다. 지금 우리 있는 자리를 차지할 수 없었던 어린 아이의 심장 같은.

생명의 아주 작은 숨결이 기다림보다 더 크게 노래했다. 다가올 시간을 생각하면 나는 슬프지 않다. 별들로 뒤덮인 하늘처럼 어둠은 내 추억들로 빛나기 때문이다. 내가 불행하면 불행할수록 내 사랑스러운 순간들은 내게 더 현존할 테고, 햇살처럼 빛날 테니까. 멀어지는 것은 결국 내 안에서 멀어지는 것이다. 계속해서 살기, 그건 우리 안에서 무한한 공간을 발견하는 것이다. 미리 느끼는 슬픔은 경계 심한 불빛들로 타오른다. 얼굴 속, 눈의 푸른 광선이 우릴 붙잡는다. 사랑스러운 밤은 바다 빛들이다. 우리는 무감하나 현재 너머 높은 곳에 그것은 있어 시간에 손닿지 않은 채 가만히 있다. 우리 위로 몇 해가 흘러가고 바다 빛들은 우리 고독에 다가온다. 죽음의 순간에 우릴 되찾는가, 그때 영영 길을 잃는가. 삶의 어떤 순간들에 결정적인 추억이 하나 생기고, 그게 우릴 살아가도록 돕는다. 시간이 생을 품으면 바로 우리 자신이 감미로운 곳이 되는 것이다.

매 순간, 우릴 휩쓸어갈 순간의 이미지 앞에 있어야 한다. 만일 땅이 내 발 아래 없다면, 모든 것이 내 손 사이로 다 빠져나간다면, 어떤 빛으로 난 그것을 다시 만들까? 절망 속에도 한순간이 있을 것이다. 방향성 없는 상상력 속에 미세한 가루가 샘물처럼 용솟음치는데 그 흙탕 같은 찌꺼기마저 행복에 대한 향수가 되니 우린 더 가슴이 아프다. 예전에 했던 말들이 그리울 것이다. 가장 슬픈 말들, 죽음의 말들, 희망 없는 밤 속의 먼 감미로운 노래처럼 과거의 그림자를 신고 있는.

우리는 허무를 경험하게 될 것이다. 그것이 부재가 아니라, 살해된 것들의 더미라는 걸 알게 될 것이다. 허무는 인간의 작품이 되어야 한다.

나는 살아 있다. 나는 활기가 있다. 그런데 나는 내가 약간 덜 활기 있던 때의 추억 속에 있을 때만 흠칫 놀란다.

나는 지금 나의 유령이다. 간혹 선잠 상태에서 내 몸이 관 뚜껑처럼 나를 짓누른다.

내가 거주하는 곳을 관조하는 데 있어 내겐 그 막막한 거리에 기진맥진한, 태양처럼 늙은 시선밖에 없다. 아니 나이조차 없는 시선, 현실은 불그스름해지고 아궁이에서 꺼내온 깜부기마냥 반쯤 지워진다. 아침이 되어도 내 눈빛은 완전히 되살아나지 않는다. 절망한, 대담한, 슬그머니 다가오는 빛에 길을 내주느라 사물들에 닿으며 해체되는 내 시체 같은 눈빛. 삶은 나를 들고 있느라 죽어 있는데, 삶을 인식하는 능력은 그가 살아나는 데 유리하게 작용했다. 이보다 더 확실한 이미지가 없다. 내가 깨어난 세계는 내 나날들의 석기 시대다. 나의 새로운 정신을 경험하기 위해 내가 건너가야 할 벽들이 선행 조건으로 가혹하게 있다.

내 삶은 일거에 완결되었다. 온갖 사실들이 있는데 왜 나를 그토록 냉정한 하나의 총합으로 가두어버리는가. 그러고도 내가 살 수 있었다면, 살아남을 수 있었다면, 그건 사랑을 할 수 있어서다. 의식의 힘이 부활의 힘이었을까?

벽들로 가득 찬 이 세상은 지하 태양이 다니는 행로인가? 나는 가끔 이런 생각이 든다. 생각 많은 듯한 하늘을 빌려, 아니 눈 속에 반짝거리는 생각을 빌려 겨우 실존하는 것 같다고.

4

인간은 환영이다. 현실에 가장 가까이 있을 때는 행동 속에서다. 현실에 있는 살덩어리는 정작 현실에서 완전히 벗어난다. 작품은 존재의 파편이며, 존재는 환영에 불과하다. 실재를 모방하지 말라. 실재와 협력해라. 너의 생각과 너의 표현 능력을 날들과 그 날들을 분간케 하는 사실들에 도움이 되도록 써라. 너를 사물들이 존재하도록 써라. 만일 사물들이 널 그리워하지 않는다면 넌 아무것도 아니다. 네 안에 예감으로 있던 것을 가지고 더 풍부하게 하라. 보아라, 이 붓꽃은 자기 꽃받침을 만들기 위해 자기가 가진 미량의 검은색을 다 소진하고 있다. 너는 자면서도 그것을 가까이 가져왔다. 터질 듯한 암흑, 전에는 한 번도 탐험된 적 없는 어둠이 그 비밀스러운 세계에서 너를 당겼으며, 네 고유의 시선에 둘러싸여 네가 나타난다.

세 개의 환영이 내게 와서 내 손과 얼굴 없는 한 여자 친구의 손을 묶으니 그 고통이 되살아난다. 피아노 건반 위에서, 타자기 자판 위에서, 우리를 함께 태우고 있던 말의 고삐 위에서.

내 꿈이 어둠에 짓눌리지 않으면, 붉은 피들이 내 위로 쏟아지면서 우글거리는 꽃들로 변하였다. 날름거리는 불꽃들 혹은 루비색 램프로 변하였고, 내 눈은 한 여인이 노래하고 있는 무대 위에 고정되었다. 사형 집행관의 드레스를 입은 그녀는 나를 매혹했고, 붉은색은 그녀의 그림자였다. 관객석 제1열에 앉은 자줏빛 여자를 보느라 나는 몸을 돌렸다. 검은 천을 휘감은 여자의 몸은 어둠의 우상처럼 빛나며 하계의 빛 속에서 꼼짝도 하지 않았다.

인간들은 자신의 모든 것을 의심하고 경계하면서 자신이 뚜렷하게 드러난다고 믿는다. 그런 인간들을 비난하는 자는 자신이 그것에 감염되지 않아서다. 그러니 그들의 악에 대해 그리 잘 알 수 없을 것이다. 한동안 그는 한때의 자기를 포기하면 작가가 될 것이라고 믿었다. 그래서 그의 힘을 우선 파괴적인 활동으로 소진하였다. 그러나 그런 활동만으로는 한 삶의 영혼으로, 한 진실의 자오선으로 자성할 수도, 자각할 수도 없었다.

각자 자기가 되어갈 것에 맹목적으로 복종한다. "내 영혼은 앞으로 되어갈 것이 아니다. 그것은 내 종말이며, 때때로 내 폐허다. 내 몸 속에서 꿈을 꾸고자 하나 공간이 없다. 그것은 내가 될 것이라 믿는 것의 천정점이며, 내가 나 자신을 생각할 때, 위험하게 나를 매달고 있는 산꼭대기이다. 바다 위를 수직으로 올라가는 새는 날개를 휘젓는다고 생각하지만, 수평선 아래서부터 물가를 당겨 바다 위로 끌어올리는 것이며 올린 것을 떨어뜨리면 닿을 만하게 다시 제자리에 놓인다. 자기 마음속에 지니고 있는 것의 맹목적 도구, 인간은 빛이다. 아니, 그가 끌어당기는 별의 먹이다. 별을 보지 않아도 자기 눈물 속에 자기가 보인다."

그녀가 내 말을 들었나? 그녀는 자기 의자를 떠났고, 가방과 장갑을 두고 도망치듯 나갔다. 가버린 게 자기라는 것을 그녀는 모른다. 그녀의 부주의를 비난해서는 안 된다. 죽어 있는 물체들에게만 말을 하고부터는 그녀는 듣는 습관을 잃어버렸다. "불쌍한 자기, 난 곧 완전히 흐무러질 거야. 당신이 날 미치게 만들었다고 다들 당신을 비난할 거야. 당신이 날 그렇게 안 만든 해도 여러 해 있었지. 그건 다들 생각 안 할 거야."

키 크고, 대머리며, 잘 웃는 한 사내가 나에게 그림 하나를 가져왔고, 우리는 함께 감상했다. 더 명확히 보기 위해 눈 전체를 일그러뜨렸다. 온 근육 운동을 다해 어두운 곳곳을 탐험하는 우리의 망막 속에서 우리가 보는 것은 모두 하나의 굴이 되었다. 문이 열렸고 젊은 소년 하나가 서서 그림을 보고 있다. 그림이 매우 아름답다고 소년은 생각한다. 그리고 붉은 한 점에 놀란다. 항아리에 진 그림자에서 별처럼 반짝이던 그 붉은 점, 바로 거기서 붉은 색깔이 생겨났다. 소년은 화가에게 이 점으로 그의 그림 한 점이 완성될 것이라고 어떻게 짐작하게 되었는지 묻는다. 화가가 대답한다. "그림 그리는 게 내가 아니게 될 때까지 나는 그림을 그리지."

초인종이 울린다. 발걸음 하나가 복도에서 머뭇거린다. 문이 열리니, 생기발랄한 처녀가 수건을 들고 있다. 내 이름을 좀 확인하겠다고 하더니 내 아내를 묻는다. 혼자 사는 남자라고 대답하니, 미안하다면서 마치 내가 누구와 사별이라도 한 양 몸 둘 바를 모른다. 단어 하나 내뱉을 때마다 웃는 그 여자는, 내가 방이 몇 개 딸린 집에서 사는지, 우리 집에 다락방들은 있는지 묻고는 제 일을 다시 시작한다. 내가 서명해야 할 서류가 있다면서. 그러더니 나랑 악수도 하지 않고 방을 나간다. 하늘에서 어깨 위로 떨어진 듯한 긴 야회 케이프를 그녀는 걸쳤다.

현대인간의 독특한 앙가주망은 희망의 정상을 건드리는 것이다. 자기 비참함에 빠지지 않고. 그 위대함은 구원을 열망하는 무게에 따라 정해진다.

넌 신을 명명할 이름을 갖고 있지 않다. 찾으려 한다면 다 가지고 있겠지만.

넌 보는 것이라곤 우릴 보는 그림자뿐인 세계에 거주한다.

인간의 재앙은 저주로 요약될 수 있다. 저주라니, 그 상상력은 바닥을 헤아릴 수가 없다. 그런데 재앙은 행복한 숙명이라는 읽기 쉽고 가벼운 기호를 남긴다. 한 사내가 부러진 척추로 뻗어 있다. 실재의 원에 묶여 그는 삶의 시궁창이 되어 내내 거기 있었다. 자기가 보이고, 자기 자신이 되어가기 시작하는 한 개인의 추악함을 그는 구현하고 있다. 그는 그의 존재가 더는 알지 못하게 된 실질적 현존이다. 남아 살아간다는 두려움 말고 그가 어떤 다른 감정을 품겠는가? 사람이 그 어떤 것의 이미지도 아닐 때 살아남는 것은 몹시 역겹다.

그는 저주의 상징이 아니라 저주다. 그에게 다가오는 자들을 모두 부패시킬 수 있다. 그의 육체적 추락으로가 아니라 그의 끔찍한 함축들로써 말이다. 그의 말이 그가 다시 일어서도록 도와야 한다. 얼마나 가소로운가! 소멸할 형태로 악을 구현하는 것이, 이 세상 모든 추악함의 성체(聖體)가 되는 것이. 신이 자기 안에 있다고 느끼지 못하면서 사랑을 느끼는 것도 끔찍하다.

이 인간의 말이 그를 선고하지 않으니 그는 선고를 의인화한다. 이 인간의 말은 폐허가 되지 않을 것이기 때문이다. 살이 될 것이기 때문이다.

우리 의식은 우리 자신의 삶이라는 틀에서 발견되는 지평선이다. 창문을 열면 제한된 전망이나마 나타나고, 숨을 쉬는 와중에 우리 침대 머리맡에 놓인 불 켜진 램프에서 반사되는 빛을 본다. 이 부속된 세계의 속삭임들은 우리가 머물고 있는 방의 공기마저 성찰하게 한다. 닫힌 의식이란 없다. 보존하려는 우리 본능의 목소리가 이름을 가진 것들의 감옥이 되어서는 안 된다.

우리 내면은 한계가 없으며, 명명하는 것을 해방시킨다. 우리 언어는 결코 단 한 사람의 언어가 아니다. 내 안에 두 존재가 있다고 내가 말하기 때문이다.

영혼은 '나'라고 말할 줄 모른다.

우리의 의식은 말을 하면서 우리를 생존하게 하려는 시도에 다름 아니다.

자기가 겪은 것을 다 안다는 투로 자기 고통을 명명하며 우는, 빻아지고 찢겨지고 갈겨진 자가 진흙 속에 웅크리고 있다. 어떤 불행이 오류처럼 당신을 쫓아다니고 내 불행은 또 치욕의 유령처럼 나를 추격하였다. 한 사내를 파괴하는 것은 진짜 범죄일지 모른다. 특히 그 원인을 자기 신에게까지 가서 찾는 일은.

나는 계속해서 내 악을 죄처럼 지니고 다닌다. 죽음만이 나를 씻어줄지 모른다. 설명할 수 없는 확신. 내 고통에서 면죄받고 싶은 유혹이 내 고통보다 더 확실하게 나를 십자가에 매단다. 매일 위안의 시각이 되면, 내 가족들이 내가 숨을 거둘 침대 주변에 모여 있을 것을 생각한다. 이미 이 시각은 내 언어 위에 와 있고, 하여 이 시각의 불필요한 확대가 금해진다.

여러 계기가 생겨 나는 친절하게도 사람들을 많이 그렸다. 그들이 어떠했던가를 나 자신에게 숨기기 위해 나는 그들을 묘사했다. 나는 그들의 독특함에 웃었고, 나와 그들의 유사함을 확인하며 안심했다.

그 후, 그들을 더 잘 보았다. 내가 어떤 환상을 갖고 그들을 잘못 보았는지 깨달았다. 말로 다듬어진 세계 안에 인간의 형체를 가두는 것은 매우 자연스러운 유혹이다. 그렇게 화가가 톤을 엷게 하여 우릴 감추려 하니, 빛이 으르렁거린다. 화가는 꿈인 듯 그린다. 인간은 고백 가능해야 하며, 큰 태양에 의해 정화된 언어로 말해야 한다. 추락이 일어나는 내부 지하 감옥 속, 비밀이 있는 자에 대해, 그것이 우리여도, 우리는 아무것도 알고 싶지 않다.

우리가 비밀 상태로 있는 것을 보는 것, 말과 어떤 관계도 없는 인간적 진실을 보는 것, 그것이 내가 유일하게 지지하는 것이었고 정말 그럴 필요가 있었다.

한 권의 책을 쓴 후, 읽을 만하게 다시 손보는 행위가 글의 진정성을 건드는 것임을 알아야 한다. 사람이 의도를 갖게 된다는 것은 전등에 갓을 씌우는 것으로, 자신의 비열함을 차마 볼 수 없으니 그렇게라도 하는 것이다. 감상들, 감정들, 계획된 심리적 의도들. 인간의 유일한 정통한 정열 속에서, 보이는 것에 대한 두려움 속에서, 그 모양으로 생긴 자기 자신을 보는 두려움 속에서 그렇게 되는 것이다.

너는 네가 나쁜 짓을 했다고 믿지만, 나쁜 짓이 널 그렇게 만든 것이다. 만일 네가 한 개인을 창조해내야 한다면, 세상에서 가장 비열한 것을 가진 자로 꾸며내면 좋을 것이다. 그것은 재가, 찌꺼기가 될 것이다. 빛이 부정하는 것을 비추기 위해 빛이 토해내야만 하는 모든 것.

그게 다인가?

어떤 것도 건들지 않는, 칼처럼 나체인 거울 같은 시선을 그에게 주어야 할 것이다. 오로지 하루의 정점을 위해.

그렇게 악을 의식하게 될까?

아니다, 의식을 갖게 될 것이다. 그걸로 됐다.

5

공중의 지하 감옥. 긴 행로 후 두꺼운 벽 속으로 기어들어간다. 그가 누구와 경계를 공유하는 방은 하나도 없다. 그를 어디서 찾을지 안다고 해도 그를 찾을 수 없을 것이다. 거기 사는 자는 허수아비로밖에 존재하지 않는다. 그의 사지는 다른 집에 익숙해 있다. 그의 집은 영묘 이외에는 없다. 매우 아름다운, 다 벗은 빈 방, 뚜렷이 보이지 않는 벽들 사이에 그는 갇혀 있다.

이 방의 특징이라면 거기 도사리고 있는 발언들의 점잖음이다. 여기서 이루어지는 만남들은 완벽히 도덕적인 태도를 띤다. 하지만 여기서 만나는 남자들과 여자들의 자유로운 의식 속에서 사회적 절제는 전적으로 부재한다. 서로 사랑하는 사람들을 보았다. 그것을 서로 말하는, 그것에 동의하는 사람들을 보았다. 하지만 어떤 사랑의 증거도 없다. 아마도 그들이 느꼈던 것보다 더한 어떤 것을 깨달았거나, 꿈이 대신 그들을 만족시켰기 때문일 것이다. 혹은 말로 너무 아름다운 것을 지어내서였을 것이다.

자신의 아내를 동료들에게 부탁해야만 하는 남편은 그녀가 다시 꿈에 젖는 것을 보았다. 무엇인가에 사로잡힌 것 같았으나 그게 무엇인지는 알 수 없다. 심연의 정적, 도사린 위험의 정적. 모든 것이 가능했으나 아무것도 일어나지 않았던 곳. 사랑이라는 새로운 개념이 만들어진, 아마도, 그런 곳.

옆방에서는 한 사회 집단의 선악 의식이 썩어 가고 있었다. 이 싱싱한 울담에 시선을 주는 자들의 영혼을 어떤 나병이 뒤덮고 있는지 잘 상상이 되지 않았다. 이런 의식은 가능성 그 자체 아닌가. 그러나 자유로운 영혼들 앞에서 이 의식은 시커매졌다. 이 깨끗한 물 주변에 치료의 욕망 때문에 생긴, 이 집에서 막 개화를 마친 정신적 나약함이 있었다.

인간은 위협을 당하고 있다고 느끼지만 않으면 괜찮다. 하지만 자기 삶 자체가 위협이라고 느낀다.

얼음처럼 차가운 날들이다. 나는 아침부터 방을 완전히 밀폐하듯 덧창을 내렸다. 지붕 위에 쌓인 눈도, 굴뚝 위에 다시 파래진 하늘도 보고 싶지 않다. 예감을 했는데도 위축이 되어 숄로 몸을 감쌌다. 손가락들에 입김을 불어넣었다. 내 눈에 띄는 모든 것이 나를 춥게 만들었다. 그림자에는 이미 피가 비쳐 있다. 새벽 2시 나는 침대 머리맡 램프를 껐다. 반쯤의 어둠에 틀어박혀 나는 더 뜨겁고, 더 사실적으로 보이는 불을 바라본다.

두 여자가 복도에서 활기차게 말을 한다. 그 싱싱한 목소리에서 웃음을 들었다고 생각했는데 누가 그녀를 나에게 소개할 때 보니 그녀의 아름다운 두 눈에 눈물이 고여 있었다. 나는 그녀를 몇 년 전에도 보았다. 젊고 쾌활했던 여자였다. 오늘 저녁은 어두운 외투로 몸을 싸고 있다. 그녀의 시선은 밤으로 가득 찼다.

"당신은 색들 한가운데 살고 계시는군요."

그녀가 내 그림들을 보며 말한다.

"그러니까 땅 밑에 있는 색들요. 한데 이마에 매를 가지고 계시는군요. 한 번도 여행을 떠난 적이 없나요?"

"아니요, 제법 갔어요. 우리 식구가 역까지 같이 가주었어요. 식구들 몰래 혼자 떠난 적도 있는데, 기차는 날 싣지 않고 그냥 가더군요."

아주 어릴 때, 겨우 말을 할 때, 아는 것이라곤 사랑하는 것밖에 없을 때, 나는 병이 들었다. 다들 내가 죽을 줄 알았다. 엄마는 한쪽에 붙박여 나를 어떻게 해주지 못했지만, 검은 성모 마리아 조각상님께 나를 낫게 해주면 가장 아름다운 보석 두 개를 드리겠다고 약속했다. 읽기를 배우기도 전, 나는 어두운 성모 조각상 벽감에 붙은 대리석 현판 위에서 내 이름을 보았다. 보석들은 우상의 귀에서 축제일 때만 반짝거렸다. 촛대 불에 빛나는 보석은 황금빛이었다. 거기서 이따금 파란 불똥이 일었다. 성당 종이 울리자 성당은 멀어져갔고, 여기도 있고 저기도 있더니 지하 침묵 속에 처박혀버렸다.

성당의 사제들이 와서 성당 장식물을 제거할 것이라고 했다. 보석들도 다 쓸어갈 것이라고 했다. 신부님은 반지 위에 솟아 있는 두 개의 별 보석을 다시 사가달라고 간청했다. 주님의 허가 아래 무도회에 다시 나타나도 좋다고 했다. 남겨둔 성모 조각상 벽감에서 그림자 우상은 가끔 나의 어머니의 아름다운 눈 속에 고인 눈물을 보았다. 어머니는 아직도 기도를 올렸고, 아들이 작가가 된 뒤로 더 그런다고 어머니를 헐뜯는 사람들은 말했다. 사람들은 우리 어머니를 과시의 성모 마리아라 불렀다.

언어를 배우면서 나는 그 낡아빠진 갑옷 속으로 들어갔고, 가장 소중한 내 재산인 사는 경이를 잃었다. 재능의 크기란 건드릴 수 없는 것이니 가만 놔두면 될 일. 이미 토대가 잡힌 인성 안에 내 정신이 상감되어 있으니 태어나야만 할 때가 되면 자연 보일 일이다.

그것은 시간 밖에서 형성될 것이다. 혹은 내 안에서 내 탄생의 순간을 계속해서 되살릴 것이다. 내 존재는 최초의 내용물을 가지고 있고, 나는 그걸 내게 오는 것 한가운데에 게시할 수 있다. 그건 내 그림자를 잃는 문제다.

우리 영혼은 세계의 노화로 인해 우리 몸과 분리되어 있다. 나는 내 소멸하는 부분을 살고 싶다. 매번 그럴 때마다 꿈의 경계와 비슷한 경계를 주고 싶다.

밤, 내 안에 어떤 것이 바닥에 던져지지 않는 이상 나는 어떤 소리도 감지하지 못한다. 침묵을 잘라내는 것들이 내 생각을 방해한다. 이 난폭한 중단, 나는 공포에 짓눌린다. 심장을 놀라게 하지 않고는 정신을 건드릴 수가 없다. 이성이 요동친다. 온갖 평가들이 내 이성 안에서 형성되는 것이 두렵다.

방금 들어온 여자는 내가 내내 기다렸던 여자는 아니었다. 그녀는 내게 시간을 주고 있다고 생각했나본데 나는 그 시간 내내 슬펐다.

호리호리한, 장미 같은, 수탉 소리에 태어난 여자의 무례한 태도. 날은 그녀 다음에 왔다. 이삭들이 익는 것을 바라보듯 그녀는 그날이 조금은 멀리 있는 것으로 생각했다.

인간의 생각과 감정을 통해 일어나는 낮과 밤을 묘사하라. 생각과 감정은 모두 환각이라는 목표를 향해 걸어간다. 지금 쓰고 있는 것의 저 지평선 언저리에서 그 환각이 나타난다. 그러나 거기까지 가는 동안 비밀의 환영들이, 늘 같은 것들이 희미하게 떠다닌다.

작가들은 사람들이 어떠한지를 보여주는데, 내가 거기 도달하고 싶은 건 아니어도, 바로 그게 그들 존재다.

생을 단순화해야 한다. 우리 같은 사람들에 덧붙어 있는 그림자를 벗겨내야 한다. 하나의 사실에 대한 시적 관조가 내부의 우연한 것들을 제거하는 일이기를.

그녀의 목소리가 내 방 안에 남아 있었다. 그녀는 내게 그녀의 눈을 남기고, 그녀의 이미지를 남기었다.

죽음을 알기 위해 우리를 알 필요는 없을 것이다.

그게 존재하는지도 우리는 알지 못한다.

죽음은 우리의 상상력 밖에 있다. 그것을 파악하고자 하는 정신은 그것을 보는 데 성공하지 못한다. 정신은 신을 본다.

우리가 죽는 것을 보지 않았다면 우리가 죽게 마련이라는 것을 모를 것이다. 우리는 치명적이라는 것을 못 느낀다. 그러나 죽는 자들과는 닮은 것 같다.

그것은 인간에게 노력을 요구한다. 겸허의 노력, 죽음을 그려보되 존재를 쐐기 박힌 것이라 믿는 확신은 포기하라는.

오만함을, 그런 목소리를 잊어야 한다. 인간과의 유사성 앞에서 고개 숙일 것.

여섯 개의 거대한 창이 내가 전에 살았던 집의 빛을 후미진 길가에 쏟아붓는다. 이 방 안으로 나는 빨려들어왔다. 전에는 이 방의 존재도 몰랐다. 이곳을 열어야만 했을 것이다. 내 아파트를 굽어다보고 있던 아파트의 그 방. 세상의 모든 목소리가 다 울릴 것 같은 거대하고 텅 빈 거실이었다. 이곳에 들어왔지만 아무도 날 못 보게 뒤로 물러섰다. 그리고 나는 사람이 살지 않는 아파트의 문처럼 생긴, 거대한 창문이 쏟아놓는 빛에 속이 다 빠져나간 것 같은, 얼어붙은, 아무도 지나가지 않는 차가운 거리를 하염없이 배회했다. 그리고 나를 일깨우며 선명해지는, 이 긴 문장의 비밀스러운 의미에 동요되었다. "아무도 날 볼 수 없는 길을 걸을 때 내 시선은 그 검은 거리를 비워버린다."

6

계단에서 들리는 목소리에도, 가벼운 발걸음 소리에도, 문을 흔드는 주먹에도, 시각을 알리는 열세 번의 타종에도 나는 동요하지 않는다. 신중하게, 낡은 저택의 잠을 봉인하려는 듯, 두 젊은 커플이 두 번의 춤 사이에 동백과 장미를, 야회의 향기와 공기를 내게 가져왔다. 미뉴에트를 추는 그들의 이름을 나는 들었다. 나는 그들의 미소에 미소 짓는다.

짧은 치마를 입은 처녀가 야회 드레스들 사이를 지나더니 내 침대 가장자리에 와서 슬그머니 앉는다. 나를 바라본다, 머리를 기울이고. 검은 머리에 박힌 루비 십자가를 내게 보여주고 싶었나. 그녀를 누가 소개해주지 않았다. 아마, 모르는 여자는 다른 남자가 소개시켜줘야 한다고 생각하나 보다.

이 처녀를 보는 것은 나뿐이다. 나는 이젠 눈이 없다. 나는 아무 말도 하지 않는다. 그녀만 듣는다. 나는 난파선의 잔해 같으나 심해로 곤두박이치고 싶지 않다. 파도 마루에서, 이제는 없는 배의 실루엣을 끊임없이 그려대는 난파선의 잔해이고 싶다.

한순간 내게서 빼내간 모든 것을, 아무것도 남아 있지 않은 내게서 천천히 다시 빼내가야 한다.

이 새로 온 이를 누가 알겠는가? 그 눈이 나를 떠나지 않는다. 내가 느끼는 것을 맞출 텐가? 그녀는 나를 눈으로 훑은 후 이제 제 얼굴을 들이대며 나를 바라본다. 진열창 앞을 지나가던 행인이 거기 걸린 스카프를 살피다 진열창문에 비친 제 얼굴을 보는 것 같다. 저녁이어 창문이 어두우니 얼굴이 더 잘 반사된다.

"모든 세상이 나를 닮았던 시간에도 나라는 사람은 내 별에 불과했는데, 누군가가 되기에는 나는 나를 충분히 모르는구나."

나에게 몸을 기울이고 미소를 짓는 그녀는 아주 작고 느렸으며 매우 열성이었다. 그녀는 내게 내 방문객들을 하나하나 알려줬다. 그들은 모두 졸고 있었다. 사내들 모자가 바닥 양탄자로 떨어졌다. 그녀는 손을 합장한 채 웃었다. 나를 꿈꾸듯 바라보며 두 손을 망각 속에 빠뜨린다고나 할까.

5월의 밤들은 흙 내음을, 벌어지는 꽃 내음을 맡았다. 단어들은 투명하다, 창백하다. 목소리는 흐린 빛과 함께 흐른다. 이 젊은 여인은 누구인가? 나는 그녀가 붉어지는 것을 본다. 그녀 이름이 블랑슈라는 말을 듣는다. 삶이 꼭 겪어지라고 만들어진 것 같지는 않다. 거기 그녀가 우릴 본다. 거기 그녀가 있다. 그녀가 무엇을 보는지 예감된다. 밤의 어둠에 먹히어 꿈처럼 부풀어 올랐을 그녀.

그런데 검은 옷들이 일어나서 긴 대열로 줄을 서 내게로 오는 것이 보인다. 쳐야 할 카드의 스페이드 같은 밤 속의 그 얼굴도. 한 방문객이 웃으며 블랑슈의 어깨를 흔들었다. 블랑슈는 모든 사람을 바라보고, 전율하고, 기지개를 편다. 내 침대 주변에서 바닷빛, 수국빛, 보랏빛 색감의 드레스들이 구겨지는 물소리로 바쁘다. 아가씨들은 붉고, 푸르고, 자홍빛인 꽃다발 속에다 입술을 감추며 웃는다. 그러니 눈밖에 안 보여. 꽃들은 붉은 것보다 더 붉고, 노란 것보다 더 노랗다. 대낮의 저 깊은 땅 색. 눈의 색, 몸의 색, 바다의 색. 하늘의 빛이 아니라 땅의 빛.

"둘 다 정말 잘 잔 것 같군요!" 아침을 닮은 장미 아이가 말했다. 난 그 아이를 믿고 싶지 않았다. 나는 검은 옷들 꿈을 꾸지 않았다.

지금 나는 자는 거야. 계단을 급히 내려가는 소리를 들으며 나는 속으로 말했다. 나는 지금 나다. 아니, 내 날들을 싸안고 있는 이 말도 안 되는 삶의 후회 덩어리에 불과한가? 날들을 앞서놓고, 적어도 내 안에서는, 날들보다 더 오래 살아남은 건가? 나는 혼자 말하는 삶의 후회 덩어리인가? 내 두 눈은 삶을 보지 못해도 삶은 나를 쳐다보는가? 사물들처럼, 사태들처럼.

갑자기 날이 어두워졌다. 4월의 세찬 비가 번쩍거리는 물 다발로 유리창문을 두드렸다. 벽난로를 굽어보고 있던 돌 기둥머리는 안개에 싸인 제비꽃 같은 회색빛을 되찾았다. 문이 열리고 바람이 들어오니 난로 화덕의 불씨들이 말벌떼들처럼 일어났다. 방금 들어온 여자의 얼굴은 모래 색을 띠고 있었다. 그녀의 걸음은 보이지 않는 누군가의 의지를 따르고 있었다. 나를 보지도 않으면서 그녀는 나를 향해 왔다.

제일 예쁜 여자는 아니지만 제일 유쾌한 여자라고, 사람들 말이 그랬다. 눈부신 금발들을 다 흐릿하게 만들어버리는 갈색 머리였다. 그녀의 시선에는 차가운 빛의 진동이 있었다. 매 순간, 그녀의 얼굴에서는 어떤 변모의 시작이 감지되었다.

자기를 흥분시키는 장면을 나에게 이야기할 때는 자기가 말하고 있는 상대가 바로 나라고 기어코 환기시키면서 그녀는 내 주의가 산만해지는 것을 용납하지 않는다. 나한테 하는 말에 자기가 완전히 빠져서도 옆에 있는 무언가가 시선을 끌면 내게서 고개를 돌린다. 도자기 같은 그녀 얼굴이 인형 표정을 하며 순간 굳어진다.

인간은 자신이 제어하는 사건에도 놓이며, 제어하지 못하는 사건에도 놓인다.

내게 밀도감이 오지 않는 순간 내 안에 상처가 파인다. 현존은 출현이다. 내가 전적으로 기다리는 존재가 아니어도 내 앞에 그 무엇이 나타난다. 나를 아프게 만든 고통에 대해 자책할 준비가 되어 있다. 왜냐하면 내가 인간들을 불쌍하게 여기게 된 것이 그 탓이기 때문이다. 인간들을 변화시킬 줄 몰랐던 내 마음에 대해서도 나는 냉혹하기 때문이다. 사람은 누구나 자신을 그 누구보다 아름답게 만들어줄 기적의 요소를 가지고 있다. 꿈처럼 자신을 아름답게 만들어주는 것이 없으니 꿈을 꾸지 않을 이유가 없다.

다른 이보다 자기 자신을 더 사랑하니 자기 상상 속에 경이가 있는 것이다. 그러니 그런 재능을 기꺼이 받아들여라. 너무 좋아한 나머지 자기가 그러는 줄 모르게 되면 모든 이들이 경탄하고 만다.

나는 그녀를 지하 여인이라 부른다. 그녀가 나타나는 곳이 늘 거기였기 때문이다.

거긴 역 앞의 길이었다. 창문들은 목이 조인 듯 꽉 닫혀 있고, 자정이면 길은 땅속에 처박혀 있는 듯했다. 아니, 아직도 알려지지 않은 어떤 섭리로 그 빛나는 반영이 땅의 거죽 안쪽에서, 지하 태양의 납빛을 받으며 만들어지고 있는 것 같았다. 30년 전 죽은 친구들이 골목을 배회한다. 과거에게 말한다. 죽음은 두려울 것도 비밀스러울 것도 없다며 활기는 없으나 일종의 누그러뜨려진 슬픔으로, 죽은 자들의 우울한 감정으로 자신들에 대해 말한다.

나는 블랑슈가 내게 오는 것을 본다. 블랑슈는 왼손에 비단 종이로 싼 하계의 오렌지를 들고 있다.

7

나는 외부적 사건을 찾았다. 순간 그 사건들 속에 내 모험이 포함되어 있다는 것을 깨달았다. 내 삶은 이런 사건들에 포획되어 있으며 그것은 지평선이고, 모험이다. 우선은 가장 단순한 사건들을 살필 테지만, 하나는 나에게 의미가 있고, 또 하나는 내 영혼에 의미가 있어야 한다. 태양은 뜨고, 밤은 끝난다. 한 여자의 낙담, 받아주지 않을 내 문 앞에 서 있는 여자. 너무 많은 일이 일어난 하루의 추억처럼 그 이름은 나에게 닿기도 전에 길을 잃는다.

내가 여러분에게 고백하는 사실은 내 삶의 손안에 있지 않다. 그 사실이 내 삶을 제 손안에 들고 있다. 혼자서 제가 다다, 그리고 그게 나다.

나는 한참을 아주 짧은 곡조를 찾아 헤맸다. 살롱 그늘에 있던 한 피아노의 줄 위에 얻어터진 채 있는 나를 상상한다. 그다음, 하계를 표현한 한 사진을 보다 눈을 돌려 바다처럼 한계가 지어진 곳을 상상한다. 조약돌 위의 맑은 난류. 갑자기 눈이 환해지며 내 모든 생각을 함유하는 듯하다. 이 투명하고 자유로운 주름 속에서 모든 바다가 넘실대며 웃는다. 어린아이 손안에 들어갈 만큼 충분히 작은 피조물처럼. 나는 이 빛나는 음들의 트라이앵글 속에서 너무나 생생하게 팔랑거리는 나비를 본다. 내가 자신에 도취되어 헛것을 본 건지 나비가 내게 날아온 그 세계에 내가 정말 가까이 다가간 건지 잘 모르겠다.

여자에게서 배우지 않으면 아무것도 이해하지 못한다. 탄생의 순환에서 우리를 빼달라고 부탁할 수 있을까? 우리가 수태되었을 때를 잊게 해달라고 부탁할 수 있을까?

네가 사랑하는 것을 딱 절반만 사랑하는 이 고약한 병을 여자가 낫게 해줄 수 있을까.

한 남자를 병신으로 만든 사고가 그 자의 근본까지 건드리지는 않는다. 하던 대로 하지 못하니까 치명적일 뿐이다. 육체적 불운은 엄연히 부패하게 될 것만 부패시킨다.

"이렇게 불구가 되어 침대에 던져진 이후 네 삶이 너를 향해 드디어 오는 것을 보았지?"

"내가 당한 사고 그 이상으로 내가 무엇을 더 구현하겠어? 나는 재앙의 무대 위에 올려진 십자가가 되었어."

"불구가 되기 전에는 넌 네 인생에 없었어."

"삶을 사랑한다고 하지만 삶의 사랑을 받는다고 믿으니까 사랑하는 것 아닌가? 여자한테 집착하는 것도 여자가 나를 잃으면 죽고 싶어 할 것이라고 믿으니까 그런 것 아닌가? 나는 삶을 내 허상으로 사랑했다."

"감정은 환영인가?"

"그것은 영혼의 눈으로 본 영혼이다."

그런 네 생각으로 무엇을 하겠다는 것인가?

불평하는 척하는 것이다. 난 상처받은 자의 역할을 하는 것이

45

다. 내 상처가 날 치워버렸다. 고통 또한 진짜로 고통스러웠던 것은 아니다. 절망에 몸부림치면서 좀 나아지는 척하는 것도 아니다.

또 다른 전쟁이 발발할 것이다. 내 운명을 알게 될 자들에게 뭘 더 알려줄 수 있을까?

너의 비밀들이 계속해서 널 가둘 수 있을까? 너의 마음을 위해 존재하는 것만이 널 사랑하게 될 것이다.

오히려 희귀한 사건들로 인해 더 커진 행복한 산물, 네가 그 일들을 낳았던 것을 사람들은 마땅히 여기지. 넌 세상을 네 그 유별난 순진함의 세계에, 진주모처럼 늘 환대하는 너의 언어 세계에 놓는구나.

그림자 하나가 뭔가를 잡으려고 꽉 쥔 주먹에 붙어 있다. 그 부분에서 손이 벌어지고 약간의 자리가 생기니, 한 마리 새가 은빛 찬란한 날갯짓을 한다.

그건 다른 사람들의 가벼움을 확신하기 위한 말들이다. 전에는 이렇게 말했다. "들어봐." 그러나 내일은 "내 말 듣고 있어? 날 믿어?"일 것이다.

나는 한 공간에 대한 사랑으로 밤을 체험했다. 그리고 그 사랑은 아스라한 빛깔, 과수원을 가로지르는 눈길 자체였다. 알곡 짚들 속, 반짝이는 뽕나무 위, 맑은 물방울이 노래하는, 햇살 머금은 이삭 위에 한순간 보이던 오로라를 내 눈길은 애타게 찾았다.

시선은 하얗고 빈약한 꽃다발을 파고들었고, 11월은 흉측한

발톱 모양의 지평선 위에서 닫혔다. 그런데 곧, 꽃잎들 다 떨어진 하얀 뭉텅이 너머로 시든, 멍든 얼굴이 전기 불빛 분사 아래 그려졌다. 창백한 바탕 위에서 그 아름다움은 머나멀게 느껴졌다. 우선 닿은 것은 그 그림자뿐이었다. 막스 에른스트의 〈혼인 비행〉이라는 그림에서 물총새 한 마리가 별에서 떨어지는데, 후작 부인의 옆모습이 거기 있다. 부인은 힘들어했다. 자신이 늙었다고 생각한다. 왜냐하면 자신의 고통이 무엇이었는지 잊어버렸기 때문이다. 그녀는 목소리로도 울지 못할까 겁이 나 입을 다문다. 그것은 하얀 사랑이다. 사랑의 블랑슈다. 그녀는 노래들을 안다. 그리고 어린 아이 같은 남자에게 그녀가 주게 될 이름도. 정말이지 슬픈 여인이 느낄 그 모든 행복.

8

나는 그녀를 기다렸다. 침묵으로 뒤덮였고, 그림자의 진행도 빨라졌다. 나는 잃어버린 겨울을 다시 보았다. 대지를 푸르스름하게 물들였던 안개를 다시 보았다. 잿빛 하늘 아래 시냇물은 커다란 은빛 소리를 내며 꽃 무더기를 휩쓸어갔다.

흔들리는 그녀의 푸른 눈빛 속에 이슬 같은 금발 소녀가 나타났다. 그녀의 그림자는 또 다른 여인이었다.

나는 그때 그녀의 목소리를 들었다. 그녀의 말들은 낯선 노래였다. 수의(壽衣)였다. 그녀는 저쪽에서 창백한, 벗은 몸으로 나에게 웃음 지었다. 우윳빛 거울에 비친 하늘의 이미지 같았다.

겨울 해저물녘 마지막 햇살들이 살처럼 차갑고 창백한 공기의 움직임 위로 일렁이는 백합들처럼 일어났다.

위층으로 올라가는 계단에서 발소리가 들렸다. 건물 외벽 종려나무의 커다란 이파리들이 흔들렸고, 램프 불빛이 살짝 흔들렸다.

혼자인 나는 추웠고, 정적이 나를 짓눌렀다. 램프 불빛에도 내 방은 어둑한데, 아침부터 파리에서 도착한 관목의 시커먼 잎새들이 가만히 흔들리는 것을 나는 보고 있었다. 두 물살 사이에서 색이 피어나는 것만 같은 식물을 보고 있으니 나에게 이

나무를 보내준 그 여자에게 너무나 서툴게 인사를 한 것 같은 생각이 들어 괜히 울적했다.

나는 펜을 놓았다. 내 영혼은 열망으로 치솟아 올랐다 닿을 데를 찾지 못하고 꺼졌다. 생명이 꺼진 내 육신을 다시 뜨겁게 해줄 수 없는데, 그 불능 속을 뚫고 무엇인가 내 영혼으로 다가오고 있는데, 정말 그런 세계가 있는데, 내 영혼은 그보다 더 높은 곳을 사랑한 것이다.

감추어진 계단에서 발소리가 울렸고 내 심장을 옥죄었다. 넓은 종려나무 이파리들 사이로 가벼운 전율이 획 지나갔다. 아니, 떠는 것은 나였다. 내 시선은, 내가 분명 본 것 같은, 한 그림자의 탈주를 뒤따랐다. 내 온 존재가 내 심장의 죽음인 것 같았다. 나를 에워싸고 있는 이 얼어붙은 곳에 눈길을 던지며, 나는 이곳이 더 음울한 곳이 되기를, 더 철저히 버려진 곳이 되기를 바랐다. 그러자 추위는 나를 어루만지듯 더 부드러워졌다. 지난밤 우리 집과 몇 계단 떨어진 집에서 한 소녀가 죽었다고 했다. 이젠 발들이 계단과 충돌한다. 아까부터 미지근한 공기에서는 시든 장미 냄새가 났다. 나는 한 금속 물체에 손을 대고 힘을 주었다. 저 고지의 바위처럼 모든 게 차가웠으나 눈길이 거기 막상 닿으면 두려움은 사라졌다. 시신이 나와 함께 있었던 것인가? 그 소녀의 부재로 나는 내가 보았던 것을 다시 보았다. 내가 보았던 것을 내 삶으로 다시 썼다. 그러니 다시 생생한 시간이 펼쳐졌다. 내 심장 박동이 나라는 냉기를 떼어가는 느낌이 들었다. 그리고 이런 말이 들리는 것도 같았다. "내가 느끼는 모든 사물에 혼이 깃들면 난 나를 살덩어리로 만들 것이다."

나는 내가 죽게 될 것이라는 사실을 믿을 만큼 충분히 실재인 것 같지 않다.

내 어린 시절 누군가가 나를 집 앞에 버렸다. 나는 현관문 유리창에 이마를 바짝 댄다. 외투들이 나무 옷걸이에 걸려 있다. 옷걸이는 마치 사람처럼 위로 고개를 쳐든 형상으로 서 있는데, 목이 잘려 나간 커다란 해골 같기도 하다. 흰 담비 털의 파랗고 창백한 외투, 노란 새틴의 도미노. 이 행복한 천들을 보니 심장이 조여 온다. 천들은 그 문을 사용하던 때의 벽 한곳을 가리고 있다. 나는 그 문 도자기 버튼을 돌릴 수도, 흔들 수도 없다. 그 문을 열어야 복도로 나가는데. 생각해보면, 아주 어릴 때 나는 이 문짝을 하나도 힘들이지 않고 밀었던 것 같다. 지금은 거인이 필요할 것 같다. 아니, 그토록 여러 번이나 홀로 닫혀 있던 이 칸막이 문을 움직이려면 이 집 안에 죽어 있는 것의 모든 기운이 필요할 것 같다.

결코 남아 있지 않기 위해 그는 유령이 되고 싶었다. 실재가 환각이기를 원했다. 인식되고, 자각된 환각, 바로 그것이 생각의 가장 확실한 지지대로 보인다. 왜냐하면 그것이 거짓을 가장 적게 신고 있으니까. 세상의 모든 광기는 은혜로운 것들이다.

9

환영. 그는 당초부터 환영이다. 그의 삶이 그에게 이 진실을 그려줄 것이다. 이 부정적 존재를 부인하는 사실들을 보고 있으면 내가 실재가 된다.

슬픔에 밀려 극장 맨 뒷좌석에 앉아 있던 그가 나를 보았다. 거의 다 외워버린 그 극에서 미친 왕자 역할을 하고 있는 나를 말이다.

입구에서 그는 나를 기다리고 있었다. 어떻게 나를 알아보았을까? 내 연기가 만족스럽지 못해 나는 거짓된 갈채를 피했다. 내 명성을 만들어낸 오해들이 더욱 가증스러웠다. 그가 나를 부른다. 나는 당혹스러움을 감출 수 없다.

그는, 내가 괜히 비슷한 점을 쓸데없이 찾았던 왕자였다. 그는 그것에 대해 무엇을 알고 있었을까? 그는 이젠 우리에겐 가망이 없다. 한 남자는 불길이 되고 자기의식 속에서 꺼져간다.

너는 네 생 속에 있을 것이다. 네 인생에 시작이란 없었던 것처럼, 그리고 그 인생이 지속될 것처럼. 지나가는 사람의 심장 속에서 널 깨우듯 넌 네 생으로 네 거처를 만들어야 한다. 지나가는 자가 네 거처를 알겠지.

말은 부드러움의 표현이었다. 부드러움의 언어였다. 우리보다 더 사실적인 것, 그가 숨기고 있던 것, 사랑의 자연스러운 목소리, 그 빛나는 발현. 그것은 쓰기이다. 쓰기란 우리가 세계에 내놓았던 것에 우리의 현실을 주는 것이다. 그렇게 한동안 향수에 불과했던 것에 현실을 주는 것이다. 그것은 꿈을 만들어 내는 것이 아니라 꿈처럼 가벼운 품 안에서 거듭나면서 우리가 붙잡고 있던 진실에 우리의 현실을 주는 것이다. 나는 이 여행을 위해 그토록 많은 동반자를 찾았다. 다시 돌아올 것 같은 어여쁜 동지를 찾느라 내 인생을 다 보냈고, 그런 후에야 그것을 예감했고, 느꼈다. 별빛 가득한 내 길을 가기 위해 그저 얼굴을 바라보는 것이었지만. 너무나 명백한 그의 로맨티시즘. 모든 것이 명백하다. 위대한 시기는 이것을 안다. 정확한 형상을 포착하기 위해 바로 이것을 고안해야 한다.

IO

정신적 길에서 나는 한 발을 크게 내디뎠다. 고통에 매혹되고 고통을 감내하지 않고는 고통을 사유할 수 없다는 것을 알게 됐으니 더 이상 자신을 비난하지 않으려 애썼다. 이제 그만 사악해지자 마음먹을 수 있는 순간들이 여러 번 있었다.

"너의 마음에 닿았던 것을 모두 네 가벼운 외양에 묻어버리고 싶은 거야? 네 죽음으로 죽는 게 아니라 너로 죽고 싶은 거야?"

물 가득한 화병 안에 까만 오디들이 떠 있다. 작은 만이 창백해지기 시작하면 날아오르곤 하던 까마귀 한 마리를 본다.

새가 멀리 날아가고 작은 열매는 물처럼 투명하다. 검은 날개가 푸른 창공에 지워지는 한 점이 될 때 새는 마침내 보이지 않게 된다.

교회 지붕 위에서 까마귀들이 다툰다. 내가 들어간 곳은 조용하고 헐벗은 작은 교회당이다. 두 처녀가, 천천히, 활짝 열린 교회 정문 쪽으로 걸어간다. 정문을 나오면 차 하나 안 다니는 길이다. 조용히 공부하는 동네.

그녀들은 그들 사이를 걷고 있는 나를 보고 있지 않다. 아마도 나 때문에 서로를 보고 있지 않는지 모른다. 아니, 지평선을 보고 싶어서인지 그녀들 가까이에 있는 것에는 시선을 두지 않는 것도 같다. 푸른 천옷을 입고 있지 않은 그녀가 사랑의 블랑슈다. 하얀 천옷을 입은 그녀는 마치 거기서 절대 나가지 않을 듯 서두르지 않고 교회를 걷는다. 이제 그녀의 아름다운 새틴 옷으로 예배당은 아름다워질 것이고, 벽의 황량함은 덜해질 것이다.

이제 성소에 조각상은 없다. 그러나 사라진 조각상을 세어볼 수는 있을 것 같다. 그 그림자는 벽 위에 검은 심장 모양으로 오그라들어 남아 있다. 헐벗은 기둥 가장자리에서 그림자는 균형 있게 흔들린다. 두 처녀의 발걸음에 당장이라도 날아가버릴 까마귀 같은 그림자.

II

그녀는 내가 밀어넣은 편지에서 하나의 요청을 읽었다.

막상 그녀를 받아들이자 나는 침울해졌고, 그녀는 자기 눈을 의심하는 편이 나았다. 그녀는 온 가슴으로 나를 바라보았고, 얼굴은 온통 밝아졌다.

사랑의 블랑슈는 높다란, 낡은 건물 1층 창가에 딱 붙어 있다. 건물이 너무 위압적이어서 들어오기 꺼려지는 듯했다. 건물에서 사람들이 나가는 걸 막는 것은 없었다. 활짝 열린 문에 바로 이어져 포도 덩굴이 덮여 있고, 여린 그림자가 너울대었다. 지나가며 나는 이 처녀의 목소리를 듣는다. 그녀는 매우 큰 소리로 말한다. 분명 내가 들으라고 말이다. 매일 저녁 10시 40분, 내가 지나가는 곳을 그녀는 산책한다. 부드러운 황홀이 몰려온다.

비밀 복도의 어둠 속으로 그녀가 곧 들어올 것 같았다. 문이 찌익 하는 소리를 내며 열렸다. 볕바른 마당에서 내가 듣곤 하던 포획된 새의 신음 소리 같았다.

그녀의 목소리를 추억하니 내 옆에서 들리는 샘물 소리 같다. 그 리듬은 아마도 침묵에 매달린 듯 기억되리라. 내가 그것을 내 안에서 들리는 어떤 메아리처럼 듣기 때문이다.

실존이라며 우릴 우선 얽매고부터 보려는 것에서 떨어져 나와야 한다.

아주 멀리, 아주 깊은 마음으로 사랑해야 한다. 애착만으로는 안 된다. 현기증이 날지언정 일정한 거리의 도움이 필요하다. 격리의 미덕이 있는 법이다.

나를 둘러싼 것이 내게 주어지기 시작할 때는 내 심장이 겨우 깨어날 때인데, 심장이 가두고 있던 것에서 떨어져 나오는 것이 내 영역 밖이라는 것을, 근접할 수 없는 일이라는 것을 내게 또 보여주고 만다.

그녀는 공간이 있기에 빛난다.

그녀는 사물들에 재능이 있다. 그러니까 있는 사물들을 하는 사물들로 만드는 재능이 있는 것 같다.

갑자기 마치 사물들이 나를 유지하고 있는 어떤 부분인 듯하다.

해와 해무리에 가리어 있지만, 분명 빛에 가장 가까운 공간이 있다.

아마도 이런 인상은 그저 효과일 것이다. 자기 안에서 새롭고 깊은 확신을 느꼈기에 일어나는, 누군가의 자신감과 결착된 환상.

어릴 때 내내 나는 너를 기다렸다. 누이가 널 닮았지. 하지만 누이는 넌 아니었다. 후에, 한순간, 너를 보았지만, 그건 그냥 네 미소였어. 넌 나의 누이를 태어나게 해야 했고, 나는 이 관계를 잊어야 했다. 아니, 네가 태어났고, 내가 너였다는 것을 나는 잊어야 했다.

나는 살았다. 내가 낮을, 날을 저주하지 않았던 것은 네 덕분이다. 내가 겪은 것은 음산한 계획을 내놓았다. 내 고통의 망각으로써만 조명될 음산한 계획. 널 실제처럼 만들려면 너였을 수도 있을 그녀를 위한 동화를 써야 했을 것이다.

난 네 얼굴에서 네 미래를 읽었다고 생각했다. 네 투명한 색조에는 그 어떤 것도 스치지 않은 바람이 살고 있었다.

네 검은 눈 속의 동방의 꿈, 난 그걸 모를 수도 있었을 것이다. 너다운 것, 어떤 특징들로만 알 수 있는 것, 그런데 그건 내게도 있었어. 우리가 아는 특징들 속에서 다 보이는 생, 보지 않고 횡단해야 하는 것이 생이다.

매 순간, 내가 널 보는 순간만은 제외하고, 우린 모든 것을 구현했고, 구현하지. 아무것도 아닌 우리의 그 무엇을, 그것이 전부인 양 추억으로 간직하고 있다. 얼굴 하나가 지나간다. 상상의, 숨겨진 인도를 꿈꾸게 한다. 믿어보자, 미래에는, 그러니까, 자오선 아래 훤히 드러나는 우리 존재 아래서 저 음산한 지하세계의 우리 정체성이 부화할 것이라고. 그게 뭔지는 모르겠지만, 지나가는 길에, 가끔은 설명되지 않는 것이, 한 수도사를 소스라치게 놀라게 한다. 부챗살처럼 펼쳐진 우편엽서 위에 적힌 해독할 수 없는 메시지를 우리에게 내밀며. 믿어야 한다. 우리 인생이 매 순간의 보이지 않는 깊이라는 것을. 난 확신한다. 나인 것이 모두 내 위로 지나가는 것을, 내 눈 안에 그녀 눈을 담그고 나에 취해 내 눈은 먼다.

여기서는 자기 존재와 먼 것은 하나도 없다. 결코 어떤 행위도 다 죽은 지구력의 도움을 받는다든지 구속을 당한다든지 하는 일은 없다. 행위가 공간을 차지하니 이 공간보다 덜 무게가 나가는 것이 있을까.

내 다리가 날 들고 있다, 이 방에서는. 신중한 걸음으로 이 방에 난 들어왔다. 반쯤 벗은 하계의 여신이 앉아 있다. 그녀의 눈은 그녀가 아니다. 내가 막 유리창문을 밀었다는 것을 그녀가 안다면, 자기가 옷을 벗고 있다는 것을 그녀도 모르지는 않겠지? 내 감정 때문에 내 걸음은 약해질까? 이게 내 고통인가? 난 그녀에게 다가간다. 내가 그녀를 보지만 위험이 너무 커 내 불구 몸뚱아리는 뭘 어떻게 해보지도 못하고. 그녀를 침대 위에 눕히지도 못하는 어려움에 나는 그녀가 임신한 건 아닌가 생각했다. 무릎으로 다시 착지해서야 겁에 질려 말을 잃은 어린애 같은 이 소녀를 침대에 겨우 다시 올려놓는다. 내 무릎을 기어코 베어내면서 고통 주는 역할을 하고야 마는 이 소녀. 이 뼈 아픈 경직은 보통은 내 환영 속까지 따라오지 않는데, 내 몸을 옥죄느라 이런 탄생이라는 암시가 필요했는지. 탄생이라는 이미지가 내 꿈속에 들어온 것은 처음이다. 늘 죽음만 나왔는데.

12

도를 넘은 사랑, 꿈이 우리에게 제시하는 모델 같은 잡스러움 없는 고독. 자기 생긴 대로의 한계를 넘어서야 한다. 너무나 달콤한 무책임의 세계 속으로 놀라지 말고 들어가라.

그녀에게, 또 내게 있는 일종의 광기를 찬양한다 생각할지도. 나를 따라오고자 한다면 머리가 돌아버릴 거라고 암시하는 것일 뿐.

우리의 쾌락은 황홀로 넘어간다. 어떤 것 너머로 넘어간 게 아니라면, 자기인 것에 아직도 얽매여 있다면, 완전히 멀리 나가버린 게 아니라면 아무것도 이루어지지 않는다. 사랑을 한다면 얼굴이 붉어지도록 바라고 바라는 것을 하는 것 이외에 아무것도 하지 말라.

둘은 키스한다, 포옹한다, 그들의 취향대로. 저 너머 이외에는, 하나가 된 몸 이외에는 아무것도 모른다. 자신들로부터 도망친다, 둘을 더는 모르는, 뒤섞인 사랑 속에서 영영 길을 잃는다. 시선의 먹이가 된 연인들은 그림자 없는 것들에 들어간다. 아니 그들이 그것들의 그림자다. 그들이 보는 것보다 밤에 더 가까운 그림자. "나 아닌 것이 너야, 너 아닌 것은 잔존하지 않아. 내 입술 어딘들 대지 않을까? 내 키스는 내 입술을 미화하고, 네 육체는 내 눈을 사로잡는다. 도대체 이런 게 무슨 시간이지? 고독은 우리 안에선 자신을 알아보지 못해. 우릴 보기 위해 우리가 하는 것 말고 뭐가 더 있을까?"

모든 것에 초연해, 우릴 결박하는 것에 매달려, 말도 안 되는 것 속에 좌초하기 위해 산 채로 들어간다. 인간 도리 챙길 일은 모두 면제되고, 우리 존재가 우리 십자가가 될 때 우리는 은혜롭다.

행복해서 웃는 이 상스러운 속물이 나인가? 사랑으로 주어지는 쾌락을 누릴 수 없는 이 거의 모욕에 가까운 인간? 그 치솟는 기쁨의 잡스러운 서툰 흉내 속에 침몰하겠지. 이 은인은 여자의 옷을 입은 우스꽝스러운 그를 볼 뿐이다. 춤추다 곧 밀어젖혀질 취객처럼. 이 순진한 자는 살아나는데, 공기는 단단해진다. 눈물방울이 반사되며 빛난다.

종소리, 색, 투명한 공기, 그녀가 의인화했던 모든 것, 그것은 기다림이었다. 보기 위해, 듣기 위해, 살기 위해, 그것은 기다림이었다. 그리고 오는 시간, 그녀 이전의 사랑은 그냥 사랑이었다는 것, 한 여자를 태울 수 있는 빛을 한 여자에게서 길어내는 열기를 알게 된 남자로서의 생각.

불안 속에서 하는 사랑이, 적어도 그런 사랑이 우주적 파열을 발생시킨다. 나는 기적을 받아들이기로 한다. 그러나 의심들은 바로 내 사랑에서 왔지 사랑을 거역하며 온 것은 아니다. 의심들은 절대를 예감하며 메아리치는 자기 의혹들에서 비롯되었다. 육체를 위한 영혼의 연민.

우리 조상 중에는 내게 습관성만 물려준 보물지기가 있음에 틀림없다. 난 그것에 강박되었다는 생각조차 한다. 가장 쉬운 해결책에 이끌린 나는 귀중품 보관함에 인간이라는 존재를 쑤셔 박을 수도 있었다. 내 한치도 안 되는 경계심 속에 여성이라는 존재의 그 모든 섬세한 것을 집어넣겠다고 우길 수도 있었다. 하지만 조상께서 살피시어 이 모든 염려를 웃어넘기는 법을 가르쳐 주었다.

입 다물어라, 오, 질식할 것 같은, 다 타서 꺼져버린 언어여. 이렇게 말하라. "인간은 보물지기로 태어났다. 어리석은 운명. 자기 소명에 따라 사랑했던 것을 모두 열쇠로 잠그기를 원했고, 그렇게 감옥지기가 되었다. 그러나 어느 날 다른 방법을 알게 되었다. 삶의 매 시간, 섹스를 하길 원했다. 그리 하면 시간이 그의 눈 속에서 다 타버릴 줄 알았다.

그래, 나는 세계가 내 예감들의 눈부신 현현이길 원했다. 내가 기다린 그 모든 것이 날 기다리리라. 삶이 내 영혼의 한 양상이 되리라. 이 여린 희망 속에서 내 존재는 두려움 속에서 작은 소리를 내며 탐색된다. 글 쓰고 있는 밤의 고요, 블랑슈의 기침, 그녀의 기침으로 내 내부에 조용히 잠들어 있던 야수가 도망친다.

내가 가지고 있던 노스탤지아의 상태를 내가 알고 있을 필요가 있었다. 이 노스탤지아에서 날 떨어뜨려놓는 나를 용서하지 않는다. 불꽃처럼 환한 노스탤지아는 내 마음속 자유로운 비약이다. 여러 해 논쟁이 된 한 젊음. 그래도, 아니 그러니 비약이다.

혹은 내 정신이 품은 것, 내 생을 침투하기 위해 필요한 구실이다.

내 육체가 내 인생의 구원이기를, 나는 원한다.

나는 한 여인의 나체를 감동으로 바라본다. 내 육체 또한 그 상처로 인한 요람이라고 나는 내게 말한다. 내 인생은 이런 상처들로 태어난다. 오늘 저녁까지, 일관된 모방으로, 여성들의 몸에서 발견한 것, 경계하며 못내 기다렸던 것, 그 어떤 것도 비집고 들어갈 수 없는, 그러나 분명 있는 어떤 형태.

어쩌다 그것은 사랑받는 남자들의 특권이다. 심각한 그들은 말들을 불신한다. 그들에게 단어는 사랑의 흉내에 불과하다.

내가 여왕이라 부르는 젊은 여인과 나는 붉은 바닥의 서커스장에 도착했다. 나는 그곳이 내 거처와 그리 가까운 줄 몰랐다. 우리는 옆으로 나란히, 아니 동시에 풍화된 절벽을 올라갔다. 갑자기 그녀가 미끄러졌다. 그러나 진짜 위험에 빠진 것은 아니었다. 나는 마치 우릴 하나로 만드는 수평선을 온전히 질주하고 싶은 양, 사랑으로, 그녀로부터 나를 떨어뜨려놓는다. 그렇게, 눈을 감고, 숨을 쉬며 그녀 자체를 그린다. 그녀가 우리에게 준 순간을 또 그린다. 둥근 서커스장 가장자리에서 멀어지려는데 무게 때문인지 건들거리는 옆모습으로 다시 가장자리에 가까워진다. 위험을 무릅쓰고 절벽 위에 있는데 그녀의 시선으로부터 도망치기가 이다지도 힘들다. 이 빛나는 높은 하늘 아래 그녀는 사랑의 블랑슈, 커다란 푸른 눈. 우리의 헐떡임과 뒤섞인 그림자 속에서 내가 보던 그 눈은 아니다.

어린 시절 여름 내내 내가 살았던 마르세이앙에서는 하늘이 움집 위에서 푸르렀다. 옛 수도원은 야생 식물에 뒤덮인 네모 탑 아담한 시골집이 되었다. 뒤얽힌 나무들, 들어갈 수 없는 덤불 숲, 그러나 숲 빈터에는 백합들과 9월에 피는 라일락들이 여기저기 있다.

이웃들은 모두 그 못된 작은 녀석을 싫어했다. 녀석은 소나무 아래 앉아 손가락들 사이에 라마르틴의 책을 끼고, 한쪽에는 총을 두었다. 녀석은 고양이들을 죽였다. 농부들은 개들이 다가가지 못하게 했다. 사람들은 그가 자기 누이한테도 총을 겨눴다고 쑥덕대곤 했다.

나는 성벽 색의 풀을 좋아했다. 햇살 받은 돌 냄새를 좋아했다. 우선은 백합을 건드릴 수 있다는 것에 놀랐다. 결국 내 손가락 사이에 남는 것은 하얀 것과 그 향기뿐이어 또 놀랐다. 나는 백합들을 짓이겼다. 나는 내 눈들의 친구는 아니었으나, 내가 좋아했던 냄새가 나던 모든 곳에, 잃어버린 세계에, 유골 밭에 세례명을 붙였다. 이 들판은 내 가족을 비켜갔다. 나는 자동차를 타고 다시 거기로 갔다. 여름비에 젖은 테라스 위, 한 소녀가 무릎 위에 책을 펼쳐들고 앉아 있었다. 자동차는 플라타너스 아래 정렬해 있었다. 그곳은 아버지가 옛날에 자동차를 주차해 두었던 곳이다. 소총을 들고 쪼그만 녀석이 공원을 향해 걸어갔다.

포플러 나무 몸통 위에서 금속성 배가 눈부신 아주 몸 무거워 보이는 풍뎅이를 보았다. 처음에는 우리 엄마가 잃어버린 보석

63

이라 생각했다. 난 그걸 손으로 집어들면서 속으로 말했다. "전혀 몰랐네. 엄마는 나 없이 이 푸른 초원을 산책했구나. 난 여기 처음 와보네." 반짝이는가 보려고 태양을 향해 풍뎅이를 들어 보았다. 날갯짓 소리가 들렸다. 그런데 이내 사라져버렸다. 날아가는 것은 보지도 못했는데.

나는 그것을 이야기해주었다. 모두들 내가 어떤 초시류(鞘翅類)에 대한 묘사를 한다고 생각했다. 그런데, 절대, 창문 밑에서조차 나는 비슷한 걸 다시 보지 못했다. 사실 그때 나는 너무 어렸다. 아무도 아이들의 증언에 그리 대단한 신뢰를 보내지 않는다.

우리는 세계와 헤어진다. 왜냐하면 우리 자신이 세계이기 때문이다. 하나의 상처란 이 헤어짐이다. 상처 줄 수밖에 없는 것은 우리가 바로 상처받았기 때문이다.

내 심장을 당신에게 보여주면서, 나는 이것이 나임을 고백한다. 그리고 내가 수치임을 당신은 곧 알게 되리라. 나는 사랑의 재능으로, 섹스로, 아니 내 것은 아닌 섹스로 내게 가족을 만들어주기를 원했다. 사랑스럽고 온화한 어여쁜 여자들이 내게 다가왔고, 사랑이라는 개념을 나에게 열어주었다. 이 희망을 완성하는 기쁨은 그리 크지 않다. 한 유일한 개체를 사랑하고 그에게 모든 것을 다 바치는 이 끔찍한 예속으로부터 나를 해방시키지 않는다면 이 희망을 완성시키는 기쁨은 그리 크지 않을 것이다. 사실 한 여자를 선택하는 기쁨을 나는 알았다. 그리고 그 여자를 깊이 사랑하는 기쁨도, 그녀를 선택한 내 눈을 숭배하

는 것도, 그녀에게 행복이었던 내 몸을 숭배하는 것도. 이 열성
으로부터 영감을 받는 이상 내 상상력조차 고갈되지 않았고,
고독에 기이한 의미를 부여했다. 열정은 나에 대해 눈감게 만
들어주었다. 그녀가 내 누이였기를 희망한 나머지 나는 그녀를
여자로 원했다. 유일한 사랑은 근친상간적인 변덕이다. 그 날
카로운 형태다. 그리고 오늘, 더 이상 오만은 없다는 것을 깨닫
는다. 그러나 내가 썼던 이 말 속에서 그것이 해방의 가장 합법
적인 본능이었다는 것을 깨닫는다. 그 남자는 수태되었음을 잊
고 싶다.

한 여자가 말한다.

"그는 이상한 것들을 말해요. 난 그 이상한 것들을 잘 이해할
순 없지만, 그걸 말할 때, 그의 눈 속에 있었던 불 때문에 참아
요. 그는 삶은 정신의 구원이라고 말해요. 그의 말은 또 다른 시
선의 삶이에요. 그건 그의 눈에서 오는 건 아니에요."

"그는 나에게 하나의 이름을 주었어요. 슬픈 목소리로 가득
찬. 행복해지려면 그보다 더 나은 방법은 없을 거래요. 어제 그
가 나에게 달콤하게 말했어요. '넌 네가 감추고 싶은 사람이야.'
그를 더는 보지 않는 순간에만 난 그를 조금은 이해해요."

제2부

어둠 속의 벌

I

내가 영국으로 떠날 때 부모님은 아브르까지 배웅 나오셨다. 카페 테라스에 우리 셋은 앉아 있었고, 한 순회 악사가 만돌린을 문지르고 있었다. 악사는 몸을 좌우로 흔들며 입술을 움직였으나 노래를 하지도 않았고 연주를 하지도 않았다. 나만, 바로 옆에 있는 나만 그것을 눈치챘다. 차도 위를 구르는 차들에서 슬픈 가락이 울려 퍼졌다. 손님들은 고개를 숙이고 마치 그들이 보고 있던 것이 꿈이라도 되듯 넋을 잃고 듣고 있었다. 악사는 나를 쳐다보았다. 내 옆자리를 뜨기 전 나를 보고 웃었다. 이 테이블, 저 테이블 다니며 손을 내밀던 그는 내가 멀리서 돈을 보여주자 고개를 저었다. 그리고 붐비는 네거리 속으로 사라지기 전, 내 쪽으로 악기를 들어 흔들었다. 마치 그 악기를 내게 선사하겠다는 듯이, 아니 자기 악기를 가져갈 테면 가져가 보라는 듯이.

아버지는 나를 데리고 자정에 닻을 올리는 배 위로 올라갔다. 웨이터에게 아버지는 바다가 정말 아름답다고 했다. 웨이터는 강한 억양으로 대답했다. "폭풍 속에 있습죠."

우리는 새벽에 포츠머스 만으로 들어갔다. 젊은 처녀들이 부두 위에서 나를 기다렸다. 캡 차가 내 짐을 싣고 가는 동안 나는 그녀들과 함께 내가 머무르게 될 교외로 향했다. 공원에 낮게 드리워진 나뭇가지들 아래를, 이끼 융단 위를 한동안 걸었다. 우리들의 목소리밖에 들리지 않았다. 나는 피로를 느끼지 못했다. 우리가 낮 속의 빛 속에 있는지, 밤 속의 빛 속에 있는지 모르겠다. 마침내 우리는 모두 조용해졌다. 나를 밀고 들어오는 행복 속을, 투명한 향기 속을 걸었다. 녹음을 그리 달리 느껴본 적이 없다. 우리 숨결 속에 그 생명이 있었다. 바위 동굴 아래 깊이 파인 못을 보았다. 내가 꿈속에서 보았던 황금 물고기 떼들 노닐던 못 같았다. 내 침묵의 바닥에서 하나의 은둔을 발견한 것 같았다. 내 시선으로 홀로 거기 들어가는 것 같은 황홀을 느꼈다. 우리가 바라보고 있던 잉어 물고기를 영어로 뭐라 하는지 내 새 여자 친구들에게 물었더니 "골든 피쉬"라고 대답해주었다.

내가 살았던 사우샘프턴 빌라는 조림 지구에 세워져 있다. 도시는 바다와 한참 떨어져 있다. 그곳에 가기 위해서는 전차를 타고 종점 바로 못 미처 정거장에서 내려 긴 도로를 한참 걸어야 했다. 도로 바로 옆은 곧 건물들이 들어설 대지가 펼쳐져 있었다. 전차에는 나 혼자, 아니 거의 운전수와 나만 있었다. 아무도 가지 않는 곳, 아무도 내리지 않는 곳을 가기 위해 그가 계속해서 봉사를 해야 한다는 것이 놀라웠다. 이 특이한 장소는 나를 매혹한 것까지는 아니어도 흥미를 끌었다. 전차에 달린 번쩍이는 게시판에서 Holy rood라는 정거장 이름을 읽었는데 아는 건 형용사뿐이었지만 이상하게 영어 단어들이 나타날 때마다 그 의미를 다 알지 못해도 좋았다. 지난 주 내가 리처드 Ⅲ

을 읽을 때도 그랬다. 마지막 전차를 타고 한참을 걸어 집에 돌아오는 밤, 길을 걸으며 거리에 작별인사를 하듯 길 이름을 중얼거렸고 매일 아침 그 길을 탐사하겠다고 헛되이 다짐했다. 그 신비한 이름은 내 안에 깊이 울려 퍼지더니 거리를 신성 불가침한 것으로 만들어버렸다. 홀리 루드. 성 십자가.

키 크고 가녀린, 그러나 배는 볼록 튀어나온 주인아줌마 조하니퍼 부인은 붉게 물든 것 같은, 아니 분가루 뿌려진 것 같은 얼굴에 무사마귀가 많았고 나팔꽃처럼 꽉 다물린 입술에는 늘 작은 미소가 봉긋했다.

매일 아침 그녀 위로 살짝 일찍, 살짝 더 찬란한 여름 햇살이 떠올랐다. 부인은 내가 먹고 자기 위해서만 집에 들어온다고 다정하게 날 나무랐다. 집에 돌아오면 저녁식사가 식탁에 정성스레 차려 있었다. 음식은 식었지만 식탁 위에는 어디서나 보곤 하던 분홍빛 램프가 불을 밝히고 있었고, 그 뒤로는 활 모양의 내닫이창이 나 있었다. 내가 그 집에 체류하는 내내 램프는 새벽 전에는 꺼지지 않았다.

어느 날 그녀가 말했다. "아, 이제 프랑스로 돌아가는군요. 오, 조에, 하이필드 크레센트의 부엉이들과 박쥐들이 너무 슬퍼하겠어요." 이어 부인은 내 떠남에 대해 친절하게 책망했고 옆 빌라에 내가 좋아할 만한 젊은 아가씨들이 얼마나 많은데 만나보지도 않고 영국을 떠나느냐고 웃으며 말했다.

이따금 나는 꿈속에서 완전하게 탐사하지 못한 영국 도시로 들어갔다. 골목길이 나타났고 처음 본 집들에 이끌려 하염없이 들어갔다. 한데 조금 있다 보면 마치 내가 이미 그 집들을 알기라도 하듯 마음이 좀 가벼워졌다. 낯설나 환대하는 거리의 포석 사이로 풀이 삐져나와 있다. 나에 대해서만 이야기하라면 나는 풀이 내게 감추고 있는 장소들을 묘사할 수 있다. 깨어나면 꿈은 반은 지워지지만 그 부드러움은 남고, 내 삶은 오로지 노력의 대가로서만 찾아진다. 마치 내가 내 집에 있는 것 같지 않다. 내 가슴속에 내 잠든 꿈의 무게를 놓는 것 같다. 그래서 나는 말하고, 목소리 없는 음악가의 사연을 이야기하고, 영국에서의 내 체류를 이야기한다. 내가 보는 것들을 가지고 말들을 만들어내는 것은 확실하다. 내가 보는 것에서는 침묵이 삶이다.

내가 조금씩 쓰게 될 것이 꿈결의 언어 같기를, 그러다 우릴 깨우는.

감은 눈이 포착한 것만을 우리는 읽는다.

생각은 그 생각으로써 내가 환각에 빠질 수 있을 때만 진실이다.

하늘의 새. 내 그림자 아래 그 깃털은 불의 색을 띤다. 그 아래 폐허가 된 도시는 깨진 유리와 날 선 쇠붙이들로 둘러싸여 있다. 몸을 어찌할 바 모르는 새는 노래를 하고, 태양을 향해 비상한다. 제 그림자를 떠난다.

우리가 누구인지 잊게 해줄 수 있는 것은 그 어디에도 없다. 나의 사유일 수 없는 것은 이미지이거나 거의 내 존재의 전조로 보인다.

공원 한가운데 성벽 빛깔 풀 아래 샘 하나가 이 흔들리는 식탁보에 물을 댄다. 나는 성토(盛土)가 헐리고 물이 나무 아래로 바람처럼 자유롭게 흘러가는 것을 바라본다. 투명한 물은 하늘만큼이나 고요하다. 그 잔물결은 속눈썹 달린 거울이다. 내가 그 유사함을 느낀 건 내가 온통 자유의 순간일 때다.

해거름, 관목들 속 호랑가시나무는 무겁고 붉은 야생 열매를 달고 있는데, 사과알 만한 크기에 저 높은 곳 음영 속 둥근 열매는 아직도 파랗고 새들의 주둥이가 닿기에는 높기도 하다. 그것은 여왕들의 식물.

내 손가락은 물 진주들과 장난을 치고, 건들면 너무 부드러워 인상을 쓰며 잠에서 깨어난다. 꿈 때문에 그런 거겠지만 피부가 따끔거린다. 자지 않으면서 자는 것은 매우 고통스러운 일이다.

꿈속에서 누가 내게 준 흰 포도알에는 수수께끼 문구로 장식된 접시 위에서 내가 보았던 검은 사향포도 송이의 그 미묘한 맛은 없었다.

조금 전 가슴 위에 큼직한 하얀 염소가 올라 앉아 있는 것처럼 가슴이 무거웠다. 그 짐승의 자리에 올리브 열매들처럼 붉고, 굵은, 물 많은 열매 피라미드 더미가 올라 앉아 있는 것 같더니 소나무 바늘들이 찌르르 내려오면서 땅 위를 굴러갔다.

2

서로를 알기 위해서 10년, 서로에게 속기 위해서 10년, 원통한 20년, 마침내 당신은 당신을 밝혀줄 한 남자를 만나게 되었다. 그가 당신에게 말했지. "사람들에게 진실을 알린다는 건 그 진실의 반은 가리고 알리는 거지."

삶은 그의 보존 본능 속에서보다 그의 심장 속에서 더 위대하다. 어느 날 지나가던 자가 한 존재를 보지만 그건 흘러넘쳐 겉으로 드러난 외양이다. 그것이 다다. 사실들의 배열일 뿐이다. 그 이유와 이치를 계속해서 찾아야 직성이 풀린다면, 그것을 각성 상태에서 늘 지니고 있어야 한다. 일어난 사건의 현실을 분명하게 받아들여야 한다. 그것은 생각이기도 하지만 동시에 예감이다. 그가 어떤지 보면서 영혼의 심연을 반향시켜야 한다. 그 깊이와 진실을 관조하면서.

나는 한 삶을 만들 것이다. 그 삶의 시는 반사다, 빛이 아니라.

시간의 계단에서 우리에게 알려진 것이 알려지지 않은 것이 되었고, 우리 영혼 혹은 우리 심장은 그에 대해 질문하게 한다.

한 존재에게 행복의 개념은 그 완전한 총체성을 예감하느냐이다. 나는 내 삶을 살게 하고 싶다. 한순간 겨우 지속될 뿐이지만 이 삶을 장악하는 거인인 것처럼.

살아가는 행복은 커지는 능력, 여러 개가 되는 풍요.

우리가 감탄하는 사람들이 그들의 자기 보존이라는 자연스러운 성향으로 우리를 사랑할 수 있기를.

나는 다른 사람 속으로 완전히 들어가고 싶다. 그가 그인 것을 방해는 하지 않으면서.

정신의 고양, 예술적 진보의 기초.

감각의 구제.

날 쓸쓸하게 하지 않으면서 날 떼어내고 싶다.

존재가 생의 이미지들이 되기를, 내 생각의 이미지들이 아니라.

현실이 내 사랑의 주체적 생이 되기를.

밝은 낮은 원천이고 의식이며 내 의식의 이미지라고들 한다.

허약함을 버텨낼 수 있다고 믿는 것이 그리 어려운 일은 아니다. 쇠약을 수용하는 것이 생각으로밖에는 안 된다. 쇠락이 우리 인생을 바꿔놓는 것은 아니다. 우리가 그 쇠약을 어떻게 사용하느냐, 우리 이성이 거기서 어떤 것을 끌어내느냐에 따라 달라지는 것이다.

한편, 우리가 삶을 의식하는 이상 삶은 이미 우리를 소유한다. 우리가 삶을 길들이기 전에 우리는 이미 삶에 길들여 있다.

환자는 그 앞에 놓인 진실을 해석하기 전에 그 진실의 결과를 겪어낸다. 나는 그것이 그리 간단하지 않다고 생각했다. 습관이 고통을 완화시킬 뿐이다. 나한테는 그렇게 보였다.

내가 약해질 때가 있다. 한 인간이 물 하나의 순수를 더는 알지 못한다. 그의 이미지가 그와 함께 물을 마시는 것을 그는 본다. 그의 눈은 물 거울 입술에 다가가 갈증을 푼다.

그의 반영은 갈증의 이미지가 된다.

세 개의 거울

손 하나가 나타나 내 덧창을 연다. 겨울의 긴 태양이 들어와 램프들 빛을 벗겨내고 벽에 걸린 옛 그림에 제 색을 입힌다. 나는 내가 보고 있는 이 그림을 잘 모른다. 붉고, 푸르고, 부챗살 주름 드레스를 입은 하얀 살결의 여인들. 그림은 높은 천장의 어두운 방 벽에 걸려 있고 액자들에 그림자가 달려 있다. 이 실내는 약간 기울어진 거울 속으로 보는 방 같다.

방은 가구가 다 있고 커튼이 쳐 있다. 내가 사는 조용하고 구석진 곳처럼. 우아한 아가씨들이 무도회를 위해 괴상한 옷을 차려 입는다. 한 아가씨는 비처럼 쏟아지는 레이스와 잎 모양 옷을 입었는데, 푸른 커튼으로 가려진 창문으로 들어온 것이 틀림없다. 내게 등을 돌리고 서 있는 또 다른 아가씨는 진홍색 드레스를 입고 있는데, 굴뚝을 통해 들어온 게 틀림없다.

어떤 거울에 이끌린 두 아가씨가 자신들의 아름다운 두 눈을 가만히 바라보더니 갑자기 날뛰는 작은 말처럼 몸을 솟구치고는 방의 절반을 차지하는 거울 속으로 사라져버렸다.

그녀들은 얼굴만 보여준다. 그러나 그 살아 있는 눈빛은 맑기 그지없다. 나는 놀란다. 기진맥진해져 그녀들로부터 몇 걸음 떨어진다. 천장 없는 이 방의, 눈에도 뚜렷한 벽 위에 걸린 낡은

금빛 액자 테두리를 먼지 일렁이는 빛이 자른다. 이 거울 장식은 그림이 아니다. 비록 기울어져 붉고 푸른 자국을 드러내도. 그것은 높고 비밀스러운 사각 거울이다. 내 앞에 있는 그림은 그 햇빛 서린 테두리와 함께 몹시도 커다랗게 확대된다. 주인 잊힌 이 그림은 몹시도 작은 이미지를 찾아내 거울 같은 칠 표면에 모아놓았다. 그 작은 이미지가 내 눈 속에도 있다.

3

솔직하게 말하고 싶을 때, 인간들은 자신이 하는 말에 낮은 목소리로 말하는 일을 첨가하였다. 그들이 그들에 대해 아는 모든 것을 우리에게 고백했다. 거기서 얻을 진실은 많이 없다. 인간의 실존은 자기 자신을 속이는 능력에 의해 계속해서 강화되었다. 인간이 하는 생각은 생산된 창조물이 아니라 자기 존재의 보완에 불과하다. 과거처럼 현재에도 생각은 외양의 물을 뺀다. 언어 덕분에 그것을 미리 실현한다.

말은 미래를 미리 행한다. 우리 인생을 걸고, 우리 자아를 걸고. 말을 매개로 그런 자문을 던지는 것은 참으로 부조리하다. 말이란 실체와는 무관하게 완벽을 추구하며 하나의 완전한 세계를 축성한다. 그에 비하면 우리의 실체는 후회 혹은 헛된 희망에 불과하다.

안 보이던 것이 보이며 이미지가 되어 심장이 더 크게 뛰면, 눈앞의 물체가 던져진 먹이 같은 오브제가 되어 가슴이 동요하면, 예기치 않은 오브제가 그를 거쳐 빛을 발하는 불길이 되면, 한순간 우리의 입술 속에는 생이 생긴다. 그는 우리 눈으로 말을 고안한다. 입술은 날개를 단다. 이 기쁨이 그에게 주어졌고, 언어에서 벗어나라는 것 이외에 다른 진실은 없는데 이 임박한 진실만큼은 그에게 숨겨왔다. 언어가 우리로부터 멀어진다. 단

78

어는 하늘에서 떨어지는 별똥별이다.

한 단어, 세상에서 가장 달콤한 한 단어. 말이 목소리를 타고 샘을 갖기 위해서는 발음되는 수밖에 없다. 이 단어, 보고 또 보기, 보기의 연장. 이 단어는 바로 '부름'이다. 간절한. 내 형제들.

인간은 자신이 존재한다는 것을 안다. 자기가 자기 존재의 근원이며 자기가 어디든 어떻게든 있음으로써만 그 존재가 파악된다. 이렇게들 말한다. 나는 ~이다, 세계는 ~이다, 라고. 그런데 같은 술어가 아니다. 나는 나이고, 세계는 세계라고 생각해서 그렇게 말하는 것인가? 그런데 세상의 그 모든 것 중 가장 풍부한 술어의 내용물은 왜 빠뜨리는가? 만일 당신이 집이 불탄다, 숲이 불탄다, 라고 말하면 당신이 보는 것은 자연 속의 불뿐이지 않은가? 비록 당신이 성냥이 불타요, 숲에 불을 붙인 것은 성냥이에요, 라고 말해도 말이다. 그러면 당신은 세계가 존재하지 않는데 인간이 존재한다고 믿는가?

자기 존재를 믿고, 자기 존재를 하나의 점으로 파악하는 인간은 자신을 섬광이 아닌 단편(斷片)으로 생각한다. 얼마나 어리석은가?

순간은 일(日)보다 크다. 일은 년(年)보다 크다. 일생은 그 자체로는 나눠지지도, 포착되지도 않는다. 순간은 내용이라는 형태를 갖는다.

대기는 보이지 않는 벌레들로 가득 차 있다. 벌레들은 날개로 내 살을 건들면서 부르르 떨고 내 안에 상처를 낸다. 밤의 소음들.

그 이튿날 나는 깊이 생각하며 전율했다. 내 몸과 나는 한갓 흙 부스러기이며, 사는 것이야말로 은혜로운 것이라는데, 내 부서진 몸 앞에서 삶은 벽에 불과하다. 그 어떤 것도 의미에 날 개를 달아주지 않는다. 내 몸에서는 어떤 것도 시작되지 않는 다. 따라서 내 안에서는 시작되지 않는다. 내가 증명하게 될 모 든 존재는 존재 그 자체에서 시작되어 더 순수한 것을 띤 것 위 로 비상한다. 삶은 삶이라는 고유의 이름이다. 하지만 내 생각 속에서 는 삶은 환영일 뿐이며 내 고통 속에서, 내 사랑 속에서만 삶은 삶이 된 다. 그걸 누가 알까?

우리는 이미 결론을 안다. 인간은 감정을 가지고 있으니, 의 식은 정신과 균형을 이루어야 한다. 인류애라는 집단적 의식을 위해서도 둘은 서로 떨어질 수 없다.

오히려 자기가 자기를 떠나는 것은 자신의 의식 속에서다.

자기의식은 존재를 기만한다.

존재하다, 실존하다. 그것은 인간의 생각에서 나온 것이다. 있는 것, 있을 수 있는 것에 비해 그것은 매우 허약하다.

빵으로, 과일로 영양이 보충되는 것은 그것이 함유하고 있는 것 때문이 아니라 그것이 형상하는 것 때문이다.

과일은 너를 살찌울 것이다. 왜냐하면 너는 과일을 달고 있던 나무 같은 것이기 때문이다.

인간은 모든 존재 속의 한 점이 아니라, 한 점 속에 있는 모든 존재이다.

너의 말 속에 모든 것을 집어넣을 줄 모르면 신에게 말을 걸지 마라.

신은 술어다. 술어는 전 인간이다. 삶은 존재의 유배지다.

네가 네 안에 최상으로 갖고 있는 이미지대로 네 삶을 만들어라. 만일 삶이 네가 생각하지 않았던 규칙을 너에게 부여한다면 그 구실하에 그 규칙과 너를 분리하지 마라. 당신은, 아니 삶과 당신은 같은 의지의 산물이다. 의지를 보아라. 네 상상력을 부양하라. 네 마음이 수용할 수 없을 만큼. 네 고통에 대해 신음하지 말기를. 네 고통도 의인화해야 그것을 이겨내는 격조가 생긴다.

한 인간은 그 존재의 내적 도래임을 기억하라. 너에게 결핍된 모든 것에 대단치 않은 너 자체를 주어라.

그들이 너에 대해 내리는 정의를 받아들이는 대신 그들이 너를 정의하는 방식으로 사실들을 번역하라. 만일 우리가 거기서 전부가 아니라면, 사건들은 아무것도 아니다.

4

난폭하고, 걸핏하면 싸우기 좋아하는 그는 자신을 잘 안다. 그런 사람이 되지 않으려고 얼마나 많은 노력을 했는지 알 것 같다. 훔치고, 목을 조르는 그를 가만 놔두지 않게 온갖 수를 짜내야 했을 것이다.

자신에 대한 확신이 덜 든다고 느끼게 됨에 따라 별게 아니게 되는 것도 괜찮다. 네가 자세히 헤아려보는 네 무게가 너다. 부족한 무게, 그의 그림자가 묻어버린 무게.

어린 시절 사람들은 나를 인간-개라 불렀다. 내 잔혹성으로 나는 그 별명을 얻었다. 나는 내 누이의 인형들을 망가뜨렸고 부러뜨렸으며 여자애들을 물어뜯었다. 내 이빨로 살을 물고 쥐를 목 졸라 죽이는 개들을 흉내 내며 머리를 마구 흔들었다. 계집애의 울부짖음으로 엄마들이 화단에 몰려들어 떼로 소리를 지르고 숨을 헐떡거렸다. 그 후, 이 가금 사육장은 정연하게 뒤로 물러섰지만 바닷물처럼 살랑거림이 없는 것은 아니었다. 내 아버지의 명령에 따라 인부가 개입하였고, 나를 침대에 쑤셔넣었다. 거울들 앞을 지나면서 나는 자랑스럽게 내 납빛 면상과 군데군데 피로 얼룩진 입술을 쳐다보았다. 내가 퍼부었던 위협들은 내게 어떤 추억도 남겨놓지 않았다. 요를 둥글게 말아 머리 위에 올린 나는 정원 멀리서 들려오는 소리를 들으며 금발 머리의 어떤 여인을 상상했다. 그녀는 창백한 푸른 망토를 내게 내밀었다.

　가장 험한 사면(斜面)을 따라가자는 것은 아니다. 우리 존재는 전투의 결실로, 위대한 승리를 이끌어내려 한다. 보이지 않는 영역에서 지배 영역을 확대함으로써 제국은 커진다. 선하게 태어난 인간은 그 선함에 자신을 내맡기면 소멸도 잘 될 것이다. 왜냐하면 인간은 자신에게도 낯선 자로 태어나 모든 부분이 압착되어 자신 안에서 존재의 과즙을 맛보기 때문이다. 그럼으로써 그 존재에 다가가기 때문이다. 저 높은 곳으로 떠워져 올라가야 한다. 거기서 생이, 그 의미가 마치 지평선처럼 나타나리라.

　인간의 정신에는 깊이가 있다. 아무리 인간이 재현해도 그 깊이를 완성할 수 없을 것이다. 만일 인간이 한계가 분명한 창조물이라면 한 주권자가 바라보는 광경이 위대하게 비참할수록 인간을 더욱 자극하리라. 모든 인간은 비참함에 순응한다. 그래서 그 위대함은 더욱 커 보인다. 저 아래 행인은 왕의 시선에 압도되어도 그리 쉽게 정복당하지 않을 것이다. 크고 작은 인간사에 무너지는 저 아래 행인을 보며 왕이 폭소를 터뜨려도 말이다.

　나는 한 최상의 인간이 오류라 보는 자들에 속해 있었다. 나는 거기서 도망쳤다. 부덕한 사제의 슬픔을 배우면서 나는 내 경박함을 치유했다.

　한동안 나는 작가로서의 내 임무가 한때 내 운명을 구제했다고 믿었다. 위안을 통해, 이례적으로, 다시 그때의 내가 될 것을 나는 나에게 허락했다. 그러나 되고자 하는 것에 너무 신경 쓰면 그것이 되지 못한다. 내가 되잡고 싶었고, 그럼으로써 내 진보에 통합되고 싶었던 것이 바로 이 오류다.

경솔한 언동을 간헐적으로 행하면서 나는 그 시간을 작업하였다. 내 작업은 내 속에 남아 있던 바보 같은 것을 다시, 더 하는 것이었다. 나는 내 언어를 위태롭게 하지 않고서는, 내 작업을 완성하지 않기로 했다.

내 인생을 누구에게 바칠지는 모르겠으나 누구 손에 한 조각도 주고 싶지 않은지는 안다. 그 자에게 나를 소속시키는 것을 금한다, 꿈에서조차. 그 사건은 나를 몰아냈다. 그것은 이미 기도하는 내 방식이다. 나는 내 탄생과의 관계보다 내 고통과의 관계가 더 크다. 나는 그것을 감내하기 위해 태어난 것이다. 내 고통은 나에게 지배당한 후 내 의지를 마음대로 지배해야 한다.

나는 궁핍해질 권리를 요구했다. 나보다 더 궁핍한 자를 내가 알고 있던가?

궁핍. 내가 소유한 이 모든 것이 나에게서 약간의 나를 가져간다.

우리를 지배하는 것을 지키려는 것보다 더 헛된 게 있을까?

5

내 삶이 사랑의 짐이 될 때, 내 삶의 일부를 잃어버린 것을 불평하는 것은 아니다. 내 행복은 그 사건들에 비해 낯설다. 내 심장 속에 들어가는 데 그 사건들이 쓰였다. 나는 이런 시련을 겪어내지 않았다. 나 없이는 이런 시련은 아무것도 아니다. 내가 이 시련 자체다. 나는 내 인간적 허약함으로 내 시련을 강화했다.

내 삶이 빈약해지는 것이 아니라 헐벗나? 나는 시간을 흡수하고 싶었다. 우연히 있을 수도 있는 그 누군가에게 어떤 것도 남기지 않기 위해.

방구석, 그늘 속, 전구 불빛이 채 닿지 않는 곳에 큰 거울이 서 있다. 빛으로 번들거리는 거울 속에서 나는 가구들과 옆방에 놓인 꽃다발을 본다. 사랑의 블랑슈가 옷을 벗으며 왔다 갔다 한다. 살아 있는 밝은 빛, 시선이 모두 몰리는, 소리로부터 떨어져 나온, 그녀가 밝히고 다니는 그림자. 이 침묵 속에서 보니 더욱 아름답고, 눈으로는 지켜지지 않는 얼굴, 일종의 우월이 우리에게 다가온다.

그녀가 내게 나타나는 곳 어디서든 빛은 내 작품이나, 내 원천은 아니다.

그는 어디에도 없지만 그의 글쓰기로 증명하니 그것은 최상의 수단이며, 그를 만들어낸 장소를 세상에 내놓는, 가장 체험

덜한 체험이다.

한 해 한 해 그토록 약해지니 그를 그의 길로 밀어내기 위해서는 그림자의 힘 그 이상도 이하도 필요 없다.

그는 밀로 드 시베작 작품을 읽는 하계의 여신을 듣는다. 이 해석자가 그의 글들에 대해 읽을 만한 결론을 제공하는 것을 악마가 자꾸 방해하지만 그는 이 해석자의 오디세이아를 다시 본다. 유혹자를 속이기 위해 이번엔 자신이 청금석 조각상 안으로 들어갈 것이다. 덩어리가 그 결정적 형태를 얻기도 전에 이 값비싼 덩어리 속에 갇히고 아주 작은 뿔들을 잃는다. 이 뿔들은 얼마나 모세 조각상 얼굴에 난 뿔을 닮았던지. 조각상에 상감된 그는 악령에게 그의 메시지를 전한다. 간계를 써서라도 악마가 거기에 두 손을 갖다 대는 것을 막는다면 그 어떤 것도 스스로 완성할 수 없다는 것은 확실하다.

우리는 중탑 안 탁자에 앉아 있었다. 우리는 아직 주임종이 울리는 것을 듣지 못했다. 음식을 거부하는 개들의 불안을 우리에게 알렸어야 했다. 머리를 들어 올린 개는 문짝 옆에서 무기를 든 전사들을 보았다. 전사들의 갑옷은 청동대포에 대항해 음산한 소리를 냈다. 우리의 행동을 알렸던 시간 밖에서 또 다른 시간들은 그렇게 음산한 소리를 내며 흘러갔다.

6

내일 또 전쟁. 황량한 공포. 알려지지 않은 형상 아래 재앙을 다시 보는 두려움. 나, 상처투성이로 되돌아온 그날 그곳 재앙.

나는 강물들의 밤 노래를 더는 참지 못했다. 노래는 행복한 세계의 소리가 되기를 멈추었다. 바람마저 오늘 저녁은 신음하는 나무들에게만 말을 건다. 숨 쉬는 것은 자신의 생각이 아니라 자신의 존재를 부여하기 원한다. 숨 쉬지 않는 것의 삶에 동화되기를 원한다.

나는 내 정신적 건강을 다음과 같은 신념 위에 세웠다. 내 주변에서 보는 것들이 행복의 보증이라는 신념. 이런 감정들은 모든 사람에게 알려져 있지 않았다. 내 삶을 거기서 길어내고 있는 나에게조차. 나도 모르는 새, 내가 다른 사람과 공유하지 않는 기쁨 속에서 나는 흥취감을 맛보았다. 그것은 내 피가 획득한 것이다. 나는 의식의 몫이었고 어떤 것의 의인화된 동의였다. 그것이 생이 준 재능이라면 재능이었다. 자유의 경험을 소진하지 않았다면 그렇게까지 강할 수 없었던 열락.

이런 사실들이 위대해도 내가 열정적으로 끓어오르는 것은 이 위대함 때문이 아니다. 그건 공통의 척도에서 날 끌어내려 할 때 온다. 사랑할 때의 그 생생한 감각들이 나에게 계시된다. 더는 내가 어디 있는지 모르겠고, 제거당하는 것도 같고 대체

당하는 것도 같은.

더 나를 비참하게 만들었던 것으로 귀환함으로써 나는 빛을 얻었고 그것이 또 나를 절망시켰다. 죽음, 그래, 그렇게 나는 죽음에 대해 확신한다. 죽음이 종결시키는 것과 개시시키는 것의 연합. 죽음은 존재하는 것에게 더 이상 존재하지 않는 것을 통제할 것을 웅장하게 제시한다.

뻔한 내 의식의 구멍들. 내가 나 자신에게 돌아온 것을 느낄 수조차 없다. 말하자면 나는 그렇게 있었고 이렇게 현재형으로 말하는 것을 그만두게 될 것 같다. 나는 ~이다.

전쟁의 출구가 어디 있는지 나는 모른다. 전쟁에 나갈 것을 강요받은 자들이 전쟁의 근원을 더 많이 아는 것도 아니다. 전쟁의 근원은 전쟁인가? 아니면 이 시대의 불행인 전쟁 세대인가? 우리는 이 잔혹한 기호가 찍혀 태어났다. 갈등은 터지게 마련이다. 우리 모두를 보아라. 희생자들이다. 전쟁은 우리들 자신의 일부다. 전쟁이 우리의 아찔한 공포인 이상 전쟁은 우리에게 없어서 그리운 것이다. 그러니까 우리는 우리 자체에 대한 공포를 갖기 위해 태어난 것이다. 그러니 드라마를 써보자. 전쟁 있는 우리가 없었으면 우리는 그냥 헛것에 불과하다. 피할 수도 있었을 것, 그것을 전쟁이라 부르는 걸까? 그러면 우리가 설득될까? 세계 속에 우리가 명명하는 이 드라마들 가운데 하나는 다른 드라마 속에서 잉태된다. 생각과 이름, 즉 전쟁이라는 두려움과 전쟁은 결코 조우하지 않는다.

7

넌 너무나 미래와 행운을 추정하였지. 너에게 행복을 가져다줄 시간은 출발 즉시 죽었어. 그리고 넌, 널 따라오던 그림자들의 힘에 휘말려 넘어졌어. 하지만 예상치 않았던 구조로 넌 살아났고 네가 전혀 예상하지 않았던 네 힘으로 되살아났지. 널 구할 수 있는 것은 너 자신뿐이기 때문에 모든 게 상실이라고 말할 수 있을까? 하나의 사실이 대열에서 나왔다. 너는 마치 그 사실보다 덜 살아 있나 싶어 덜덜 떤다. 너의 모든 존재가 널 판단하기 위해 하나의 사건 형태를 띠고 있다고 말하는 듯하다. 그걸 받아들이는 대신 네 인생을 창조하는 기회는 없을까? 넌 네 승리로 고통받고, 네 오만으로 분발하여 부족한 날들을 따라 거닐라. 하지만 너는 무엇이냐? 아니면 넌 무엇을 떠났느냐? 네 고통은 네 뒤로 넘어 떨어지지 않았느냐?

자기 사는 것을 들여다보는 여자들은 도청 소재지를 떠났다. 달에 대해 약간 오만한 여자들은 피부를 태양에 드러내며 높은 산으로, 해변가로 갔다. 나는 여름의 불타는 황금빛 우유를 마신다. 푸른 찬기가 지배하는 내 방, 나는 여름 가장 더운 달들의 맥 속에 숨어 있다.

날마다 전날의 아름다운 시간이 다시 온다. 길에는 정말 생기도는 아가씨들이 많다. 그녀들의 애인은 그녀들이 모래 속에,

소금 속에 그 예쁜 얼굴을 더럽히는 것을 허락하지 않았다. 사랑의 블랑슈들이니까.

태양의 빛은 흙을 밀었다. 익사자들의 축축한 냄새가 뇌우와 늪 색 공기 속을 떠다녔다. 길은 그늘로 가득 찼다. 여기서 전쟁의 소리는 들리지 않았지만 여자들은 반급 장교들처럼 옷을 입고 있었고 단춧구멍에 대포들을 끼웠다.

그녀들은 애인들 이마 위에 자기 심장의 형상을 찍기 위해 화장한다. 입술을 붉게 칠한다. 그 심장 보이지 않게 그 입술에 키스를.

한 사실을 기다리는 것은 아름답다. 왜냐하면 우리는 거기서 모든 것이므로. 우리에게 약속만 하는 단어들에 희망을 가져서는 안 된다. 우리에게 이윽고 도달한 사실은 마치 그것이 우리들을 위한 것이 아닌 것처럼 우리를 실망시킨다. 우릴 홀리는 게 아니라 우릴 쓴다.

날 둘러싼 것들은 모두 나와 함께 그것을 기다리나 날 둘러싸고 있는 것에서 날 떼어놓으려고 들어올 것이다. 그것은 나를 정복하게 될 것이다. 만일 내 말들이 물체들에게서 앗아간 것을 복구해준다면. 내가 각 사물에 이름을 부여할 줄 알았다면. 그리고 사랑하는 자의 목소리로 울리게 될 억양들에서 하나의 답을 끌어낼 수 있다면.

벗은 그녀는 실제가 된다, 잊을 수 없는, 대낮처럼. 너의 침대 위에 누워 있는 그녀는 이젠 웃지 않는다. 그녀의 미소는 고요히 잠든 수면이었는데. 그녀의 기도에 너는 모든 램프를 껐다.

무릎에 기울인 얼굴로 너는 양탄자의 문양들을 구분하였고, 그녀의 엉덩이를 구분하였다. 어둠의 세계 속에 네 눈 속보다 덜 두꺼운 밤이 있었다. 그녀는 너무 모습이 뚜렷하여 그녀를 보기 위해 더 다른 빛이 필요하지 않았다.

8

내가 기침하고 나서부터 그녀는 내 방에 그녀가 잘 때 쓰던 어린이 침대를 옮겨다놓게 했다. 그녀는 커다란 푸른 두 눈이었으나 그림자는 그 푸른빛을 지우고 두 큰 검은 꽃을 피게 했다. 그녀는 날 말하게 하는 걸 좋아하지만 나에게도 이야기들을 자주 해주고, 밤 내내 얇은 슈미즈 위에 치마를 걸치고 왔다 갔다 한다. 그녀는 나를 치료하기 위해 천사 같은 맑은 눈을 가졌다. 그녀는 나를 이해하기 위해 마법사 같은 눈을 가졌다.

내가 블랑슈 몸을 거울 속에서 언뜻 보았을 때 내 그림자가 그녀를 쫓아가는 것처럼 보였다. 내 존재는 없는데 내 존재를 발견하는 감동, 내 존재를 지우는 감동, 그래도 나는 있으니까.

그녀는 이국(異國)에서 태어났다. 춥고 냄새 없는 곳, 그러나 샘물처럼 빛 가득한 곳. 그녀의 시선이 내 위를 지나가다 좀 더 가서 멈춘다. 그녀는 기억 없는 나라로 나를 데려가고 싶다고 말한다.

갈빛 머리 하얀 얼굴, 그녀는 정말 예쁘다. 그러나 그녀도 나이가 들어갈 것이다. 슬프다. 그녀는 매우 젊기 때문이다. 시간은 그녀를 차지하고자 하나 그녀를 건들지 못할 것임을 알아챘다. 그녀의 얼굴은 신선한 젊음이다. 그러나 눈자위는 둥글게 그늘져 있다.

"그건 사물들을 있는 대로 보는 하나의 방법에 지나지 않아. 알고 있는 것을 무시해야 하지, 혹은 잊어야 하지."

그는 때론 하계 여신이라 부르고 때론 사랑의 블랑슈라 불러. 크나큰 헌신으로 그를 보살피던 젊은 간호사 아가씨.

알고 있는 것을 잊으며 사물들을 바라보기. 그것들로부터 알게 되는 거지. 사물들이 우릴 잊어버릴 거라는 것을. 그 형태의 아름다움은 우릴 보지 않고 우릴 거슬러와.

적십자의 금고가 잘 보관되지 못하자 누군가 수장고를 잠갔다. 정의는 그만하면 되었다. 만사태평인 사람을 처벌하지 않아도 우린 더 이상 불편함을 느끼지 않는다. 인간은 정의를 갈구한다. 바로 이런 형식 아래 인간은 신이라는 개념을 품었고 제발 존재하라 압박했다. 내부에 발라진 독 같은 타락이라는 감정이 아마 진짜 고통이었을 것이다. 그래서 만일 우리가 부정에 동의할 수 있게 되면 우리는 더 이상 울 일도 없을 것이다.

보존할 만한 가치가 있는 것에 대해서만 울 것이다. 그러나 어찌된 게 우리는 전혀 울지 않는다. 우리 장점들은 어디 있는가? 그것은 정의에 대한 사랑 속에 있을 것이라고 나는 생각한다. 우리 존재 자체는 정의 따위는 조롱해도. 우리 비참함만을 생각하다 보니 우리는 구현된 부정이다. 그러나 우리 의식은 우리를 겨우 안다. 비참함은 정의라는 절대 의미를 갖고, 우리는 어쩔 수 없이 있는 그대로의 우리를 알게 되었다. 이상이라는 이름으로서. 우리 인간성 자체가 우리의 적으로 우리는 스스로를 이렇게 괴롭힌다. 가슴속으로 들어가지 않으면 우리는 울지 못할 것이다. 정의가 신이라면, 그 정의는 삶의 저울이다.

그러나 만일 인간이 정의를 찢어발기는 추함을 미리부터 띤다면 예술가는 그런 인간보다 세 배는 더 인간이다. 그러나 아마 그런 그를 모를 때만 예술가일 것이다. 그런 위대한 존재가 되려면 그걸 알아서는 안 된다.

올바른 사람들은 고통받는다. 힘이 법을 만든다.

그러나 힘은 자신의 승리에 만족하지 못한다. 힘이 사살한 착한 자들의 최후의 생각들, 그것까지 독점하고 싶었을 것이다. 자유를 목 졸라 죽이려 한 후 자유를 또 유혹하려 하다니.

힘은 자신이 선하다고 말하고 싶어 한다. 그렇게 우릴 설득하려고 한다. 그런데 그것이 힘의 약함이며 힘이 양심의 가책을 느끼고 있음을 증명하는 것이다. 힘은 자신의 적의 크기를 스스로 측정하며, 그 적에게 말을 한다. 즉 적에게 거짓말을 하는 것이며 자기 자신에게도 거짓말을 한다.

힘은 정의를 흉내 낸다. 벽은 포스터들로 뒤덮인다. 자신에 대해 그렇게 확신이 없는 줄은 몰랐다. 옛날에는 힘은 선을 몰랐다. 그에 대해 의심을 품기까지 했다. 그러나 이제 힘은 선이 되고자 하며 따라서 패배한 것이다.

선은 악에 무지했고, 이 무지로 죽을 수도 있을 것이다. 그러나 그것을 무시할 수도 있는 악의 혼란 속에서 구원될 것이다.

만일 선을 몰랐다면 악은 결코 힘일 수 없을 것인가? 그것이 거부할 줄 아는 선의 위대함이다.

피가 흐른다. 이 나라가 태양의 정상을 건드려보고 싶은 듯 불타오른다. 땅으로 만들어진 모든 것이 그 동맥 속에서 하늘을 찾은 것 같다.

삶은 선물이다. 우리는 삶의 무게이다. 너에게 주는 행복 속에서 행복은 바로 너다.

주의해! 누군가가 너의 동작을 따라하며 너를 쫓는다. 이 존재는 네 그림자가 아니다. 네 그림자는 너에게 그것을 감추어 왔다. 네가 네 인생에 너를 던지면 그것은 너에게 자신을 던진다. 그는 네가 잡고 싶은 것을 잡는다. 늘 네가 줄 수 있는 모든 것을 줄 준비를 한다. 네 그림자가 네 발걸음에 달라붙어 있듯이 그것은 네 인생에 달라붙어 있다. 그림자에 세례명을 붙이지 마라. 네 이름이 너를 더 이상 들어주지 못할 때 그것이 네 이름을 들어주리라. 나는 그것이 나를 앞서가지 않는 한 내 삶에 나를 던지지 않을 것이다. 왜냐하면 그림자가 다가와도 다 내 안에서 일어나는 일이기 때문이다. 내가 삶을 붙잡았다고 믿을 때 그림자가 삶을 붙잡는다.

내 방은 커튼 없는 긴 창문을 지나 숲으로 향해 있다. 두터운 전쟁의 밤 속에서 눈을 뜨면 내 눈은 램프밖에 보지 못할 것이다. 둑에 잠긴 물속에서 빛나는 별들을 볼 것이다. 어제, 잠이 들기 전 나는 지난겨울 낙엽들을 끌고 다니는 느리고 무거운 발걸음 소리를 들었다. 한 사내의 발걸음. 좀 있다가, 매우 가까이서 새의 울음소리를 들었고, 그 숨결이 손에 잡힐 듯했다. 새는 꼼짝도 안 하고 온통 긴장을 하고 있다. 나는 야행성 맹금류의 크고 동그란 눈을 상상했다.

펼쳐진 어둠 속, 램프는 꺼지고 잠이 오듯 눈이 감기나 갈 방향을 잃진 않았다. 간혹 내게 일어난 일처럼, 꿈이 내 방 안으로 들어왔다. 익숙한 가구들을 연기처럼 뒤덮으면서 밤을 무겁고 어둡게 하며, 내 몸은 위협으로 가득한 어둠에서 일어나는 듯했다. 내가 잠을 자고 있는지 어쩐지 나는 스스로에게도 묻지 않는다. 나는 잠이 무엇인지 더는 모른다. 나는 이 부동의 물속에서 나를 지탱하기도 힘들다. 이 물의 무게가 나를 뒤집어 공원의 맑은 밤처럼 나를 짓누를 수도 있었다. 발걸음들이 쌓여갔다. 나는 내가 차지하고 있는 곳을 느꼈다. 땅 밑에 박혀 있던 나는 지나가는 낯선 사람들로부터 해방되는 것을 느꼈다. 그들 뒤꿈치 아래 내 현기증 나는 삶이 짓이겨져도 좋았다. 으깨진 집의 모든 층들을 그들 발바닥 아래 두고 치우는 자들처럼 음산하게 왔다 갔다 했다. 어둠을 뚫지 않고 램프에 불을 붙였다. 약해진 목소리가 개 한 마리를 부르기 위해 헛되이 이름을 반복한다. "늑대다, 늑대다!" 내 손들이 허우적댄다. 나는 나룻배에서 떨어져 검은 물속에 있는 듯했고 내가 나를 분간 못했다. 그리고 내 몸은 꿈속처럼 내 안에 있었다. 꿈들을 찾는 수고를 내버려두었다. 내가 죽어가는 것을 느꼈다. 10년 전처럼 한 여자 친구의 품 안에서 잠이 들기를 기도했다. 그녀 입술과 내 입술을 포개면서. 떨어지지 않게 붙잡힌 줄 알았는데 세계의 추락과 함께 현기증 나게 나는 또 떨어진다. 나는 사라지면서 또 비상한다. 내가 떨어진 심연이 다시 보니 또 내 몸인가? 그런 건가? 내 안에서 내 삶의 폭에 따라 날개들을 펼친다. 이 높은 몰아침, 어둠들, 무음의 소용돌이(8월 13일 수요일~14일 밤).

더는 먹을 게 없듯 더는 쓰레기도 없다. 짐승들은 구멍에서 나오고 있었고, 쥐들은 바퀴벌레들과 함께 식탁 위로 올라갔다. 침대 위에서 단식으로 정신이 멍해진 작가는 책들 한가운데서 너무 배고픈 나머지 투명한 왕지네 한 마리가 기어가는 것을 본다.

잠의 입구에서 내가 알고 있던, 그러나 나 자신은 알아보지 못하던 꿈에 자주 덥석 물리었다. 불쑥 나는 일어났다. 아직도 완전히 곁에 있는 것 같은 이 이미지 안에서 나를 겁먹게 한 너무나 익숙한 느낌을 헛되이 되짚으면서. 왜냐하면 내 안에 뭔지는 잘 모르겠지만 이 친근함에 대한 반항 같은 게 있기 때문이다. 왜냐하면 이 밤에 본 것이 데자뷔 같은 것이었기 때문이다. 내 의식에 그 자취는 없지만. 밤, 나는 다시 램프를 켰고, 이유가 없는 것은 아닌 이유로 글을 쓴다.

"가끔 다른 자의 추억 속에서 잠이 드는 것 같았다."

내 삶에 날짜들은 없다. 이런 생각은 나로 하여금 몇 가지 고통을 불러일으켰다. 분명 내 어린 시절에 영영 잃어버린 하루를 나는 보았다. 연못, 그 움직이는 물 위에서 바람은 이쪽에서 저쪽으로 방향을 잡아 갔다. 절대 한 군데로 수렴되지는 않았다. 무지갯빛 광채 그리고 꽃. 이 광채 놀이에는 설명할 수 없는 불안이 서려 있어 난 늘 서성거리곤 했는데, 오늘 저녁은 내 기억에 하나의 권리를 줄 수도 있을 것 같다. 방구석 불 꺼진 램프 주변에 그림자들이 쌓여 있고, 그 독특한 외양에 난 눈이 갔다.

그 램프가 방금 꺼진 것이다. 그림자가 램프 위에 자기 손을 놓았다. 이 손 뒤에 날 지켜보는 빛이 숨어 있는 것 같다.

기근과 공포를 매장했다. 소총을 파냈다. 기관총 차량 사이를 다녔다.

아주 작은 손 하나가 사기 포탄 속에 네 개의 글라디올러스를 심었고, 포탄 입구로 내가 이해하지 못한 신호를 보냈다.

첫날 저녁, 분홍 글라디올러스는 꽃잎을 벌렸고 보이지 않는 가면 사이로 나를 폴리치넬라 인형 눈으로 쳐다보았다. 하얀 글라디올러스가 투구에 씌워져 있었고 내게는 꼭대기 장식만 나타났다. 그림의 검은 바탕 쪽으로 몸을 숙인 두 붉은 글라디올러스. 하나는 전선에서 낚시를 하고, 다른 하나는 가는 고사리 이파리 사이로 그늘 속에 숨어 있는 한 중국인을 지켜본다.

대략 자정이다. 내 벌어진 입술과 노트들 한 더미 속에서 놀라 나는 잠이 깼다. 이 기이한 잠에 소스라치듯 놀라 나는 내 주변으로 눈을 던졌다. 내 노력에도 불구하고 어떤 현존처럼 공간을 짓누르는 불안을 흔들어 재우지 못했다. 곤두선, 긴장 된, 밤. 흐르는 물소리가 들렸다. 그러나 그 소리는 마치 나를 짓눌렀던 침묵이 낯선 세계 속에서 생긴 듯, 불가해하게 우박이 쏟아지는 것도 같고, 베일에 가린 듯도 했다. 나는 내 인상을 번역하기를 원했을 것이다. 하지만 내 생각들은 말이 되기를 원치 않았던 것 같다. 혹은 나 스스로 입 다물기 원했는지도. 그 생각

들이 목소리를 띠면서 날 두 번째로 그 잠 속으로 침잠시킬까
봐. 나를 가두고 있던 고요는 죽음의 고요와 너무 흡사해 끔찍
하게도 느리면서도 불쑥 스치듯 튀며 거셌다. 내 정신은 한번
거기 빠진 후 나올 줄을 몰랐다. 소리들이 아마도 나를 깨웠을
것이다. 더 이상 잠도 아닌, 깨어 있음도 아닌 세계 속에 미결
상태로 머물러 있었다. 그 설명되지 않는 중단이 내게 침투해
인상을 남긴다. 나 아닌 다른 누군가가 지각했을 그 인상, 그러
나 누가 이해할 수 있을 것은 아니었다. 아마도 내 말들의 적일
지 모를 이 생각이, 나를 오싹하게 만들었다. 그것은 숲속 침묵
속의 침묵이었고, 짐작할 만한 경악이었다. 거기에는 아무도
없었고 야회 드레스를 입은 한 여인의 차가운 뒷걸음질만 있었
다. 그녀는 돌아서 거리로 나갔고 차 한 대가 날아갔다. 갑자기
진정제 같은 로리에탱 이파리의 신선한 향기를 내가 느낀 것은
그때였다. 공원의 이 장소에 내가 즉시 옮겨진 건 밤하늘 별들
아래 펼쳐진 새잎들 맛 나는 밤을 내게 보여주려고 해서였나.

나의 간호사는 나를 옷 입혔다. 날이 밝았다. 나는 방 거울 속의
일그러진 내 얼굴을 보았다. 머리통은 벗겨져 있고, 머리카락
은 귀를 덮고 길게 늘어져 내 얼굴은 더욱 수척해 보였다. 내가
수도승처럼 보이면 보일수록 나는 또 어릿광대로도 보인다. 분
을 듬뿍 바른 하얀 벌이 내 이마 위에 키스를 하며 그 애매함을
없애버린다.

진정한 예술가는 항상 절망하게 될 것이다. 왜냐하면 그는 그
가 아니기 때문이다. 방 침대에 드러누워 그가 좋아하여 모아
둔 책들 한가운데서 눈은 친구들의 경이로운 그림들을 보며 동
요하나 동요는 광대하고 독특한 침묵을 만든다. 그러나 그 침
묵은 그의 것이 아니다. 그를 보러 오는 사람들은 그가 사는 곳
을 보러 와서 약간의 시샘으로 그것이 자신의 세상이었으면 하
는 생각을 한다. 이보다 더 그릇된 것은, 더 잔인한 것은 없다.
그는 그들 생각이 잘못된 것임을 깨닫게 하는 일을 포기해야 한
다. 소용없는 일이어도 그는 그의 시들의 시인이 아니며 그 책
들의 저자도 아님을 그들에게 반복했다. "당신들보다 내가 더
내 방이 낯서오." 그가 말한다. "그 방에 들어가려면 그 방을 불
태워야 하오. 죽어야겠지, 아마." 그의 방은 그가 없으면 그와
다르지 않을 것이다.

15년 동안 그림들과 책들을 모은 후 나는 그들에게 일어날 불을 두려워하기 시작했다.

"불운이라 생각해요?" 한 친구가 내게 묻는다.

"나는 이 불행을 배우기로 했어요. 왜냐하면 내 영혼이 그것을 바라는 것처럼 보여서요. 나는 내 최선의 세계를 계속해서 건설하고 있어요. 폐허 자체인 세계를 희망하는 일이죠."

나는 내 존재 때문에 진실을 두려워한다. 소위 등급에 있어 최상의 진실이라면 더더욱.

시간은 우리로부터 우리의 중요한 부분을 떼어놓는다. 그러나 가끔은 그토록 희망했던 현현하고픈 물체 때문에 번민하도록 회유 당한다. 예리한 기다림 속에서 우리들의 하루를 산다. 우리와 우리에게 아무것도 아닌 것을 이상적으로 가깝게 만드는 데 우리 열기를 다 소진하면서, 또 우리 존재에 부족한 것이 아니라 우리들 자체에 우리들 하루를 결합하면서. 우리와 함께 얽혀 있는 시간을 거슬러 우리들의 하루를 찾아야 한다. 욕망의 이미지, 인조의, 불임의 이미지, 그토록 풍자적인 소재, 우리는 그 이미지로 반(半)괴물을 만들어낸다. 우리는 안다. 늙은 사람들은 책의 내용보다 도서관을 더 좋아한다는 것을. 우리는 책 속의 한 여인을 사랑한다. 우리를 소외시키는 것의 소멸이 아니라, 그 물리적 이미지를 사랑하는 것이다. 그러니까 우리 욕망 때문에 고통받는 것이다.

나는 내 존재에 허우적대느라 빌린 것으로만 사는 자다. 내 죽음을 기다리며 힘들게 살아가도록 선고된 자다. 현기증이 난다. 한순간 나를 지탱하고 있는 생의 모든 이미지들을 보면서 활기를 잃고, 헐떡이는 내 호흡의 두터운 물 아래 힘겨워하면서도 미친 듯이 그 이미지들에 날 동화시키려 애쓴다. 왜냐하면 그 이미지들이 완벽해야 내 무가치가 부화한다고 믿기 때문이다. 내 고통을 증대하여 나를 성장시켜야 할 필요. 나는 격리된 부재이기 때문이다. 존재하다, 그것은 나한테는 도망치다, 그리고 잡다, 이다. 시간에 의해, 내가 생긴 공간에 의해 내 발 아래서 영원히 파일 심연을 파는 일일 것이다.

내가 소생하자마자, 단 한순간이라도 마음껏 사는 것을 그만두는 즉시, 내가 존재한다는 생각을 하기도 전에 나는 아직 오지 않은 시간 속으로 들어가려 한다. 내가 억지로 내는 힘이라곤 그것을 위한 것밖에 없다. 나는 담배에 불을 붙인다. 마치 내가 그 순간을 예정보다 앞서 하듯이. 담배가 소비될 것이다. 나는 우리를 떨어뜨려놓는 날들을 없애기 위해 한 친구에게 글을 쓴다. 공간을 다 삼키게 시간 속에 한 줄의 틈을 판다.

12

글의 가치는 그 글이 무효화하는 책들의 중요성으로 정의된다.

내 문장들이 인간들을 흔들어놓을 수 있는 말들인 만큼 나는 그것들을 한 개인에게서 빌리는데, 가령 나는 나의 주의 주장 속에 있다고 말하는 그런 개인이다.

우스운 것을 극복해야만 하는 너. 누군가를 생각하라. 삶이 라는 게 네 관대함 안에만 있으면, 네 사랑 안에만 있으면 그 누 군가는 위대하다.

새들을 위해, 귀뚜라미들을 위해, 수다쟁이들을 위해, 벙어 리들을 위해, 장님들을 위해 말하라. 그러나 작가들에게 말을 걸기 위해서는 귀뚜라미들의 울음으로, 새들의 깃털로 언어를 만들라.

땅에게 너무 순결한 존재들을 나는 애지중지했다. 나는 그것 들이 그들 자신이 되기를 원했다. 나는 밤보다 더 낮은 곳으로 그들을 데려간 뒤에만 그들에게 사로잡혔다. 나는 환영에 걸신 들린 사람처럼 그들을 향해 갔다. 바로 거기서 내 사랑이 왔다. 그렇게 내 본성을 극복하기 원했고, 그림자의 쓰고 음험한 은 혜를 포식했다.

나는 내 가슴을 아이들의 방식으로 아름다운 여인들에게 열 었다. 나는 그녀들이 아직도 사랑의 이름을 모르고 있을 때, 그녀들이 내 이름을 발음하면서 내 이름으로 부드러움을 알게 되길 원했다. 나는 그녀들을 그녀들 눈 때문에 선택했고, 그 깊이가 너무 깊어 내 눈 속의 빛으로만 볼 뿐이었다.

하얀 제비 아가씨가 체험을 하지 않았음은 아쉬운 일이다. 머뭇거림과 수줍음, 나는 그녀가 순진한 것을 알아본다. 모든 순백은 베일로 가려진 눈물. 하지만 그 순수함은 자기 고유의 존재로 결백하게 나타났다. 순수한, 그가 아직도 모르는 것의 색을 띤 아침처럼.

그것은 더 이상 그녀가 아니었다. 그것은 더 이상 내가 아니었다. 나는 더 이상 내 날들을 살지 않는다. 그것은 어둠 밖에서 온 길고 긴 밤이었다. 이 부드러운 생, 사랑하는 동안에는 내가 몰랐던.

대낮이 되자마자 내가 하얀 제비 아가씨를 못 알아보게 만든 이 잔인한 이성 결여의 의미를 누가 나에게 가르쳐줄까. 내가 사랑을 나누었던 이 젊은 아가씨와 다른 곳에서 온 밝은 빛 속에 단 둘이 있으면 나는 불편함을 느꼈다. 나는 곧 그녀에게서 시선을 돌렸고, 우리는 몇 마디를 나누었지만 우릴 듣는 건 우리 말들인 것처럼 보였다. 우리는 서로에게도 패배자였다. 그녀와 함께 가시적인 혹은 상상 가능한 행위들을 완결하는 일에서 나는 점점 더 멀어졌다.

나는 어둠 속에서, 혹은 조금 붉은 불빛 아래서 그녀를 기다렸다. 붉은 불빛은 그녀에게 그녀의 목소리 혹은 내 목소리에 대한 두려움을 불러일으켰다. 말은 더 이상 말이 아니라 우리가 고안하곤 했던 낮고 떨리는 울음소리였다. 우리는 서로 다가가며 밤을 만든 듯했다. 서로를 알지 않기 위해 서로의 시선 속에서만 자신을 들여다보았다. 우리가 두려워하는 것은 실은 우리 생각들이다. 마치 큰 태양이 그 생각들 주변에서 떠오르기라도 하는 것처럼.

그리고 깊이가 헤아려지지 않는, 바닥 없는 거울처럼 밤은 우리를 게걸스럽게 삼켰다. 우리 시선들은 우리 이미지 안에 쉬고 있는데.

새벽이 되기 조금 전, 나는 잠이 들었다. 지나가는 사람들은 나에게 죽음을 예고했다. 내 잠은 흔들렸다. 나는 그림자를 꿈꾸었다. 낮은 창 위에 강철처럼 밝은 자정이 천천히 열린다. 그러나 그것은 야수들이 두려워하는 밤이었고 고양이들은 놀라 귀를 쫑긋하고 밤을 피했다.

나는 새벽을 알리는 납빛 푸름 속에서 깨어났다. 밖은 아직도 어두운데 나무들은 제 겨울 실루엣을 슬슬 벗고 어둠에서 빠져나왔다. 타종 소리가 미친 시계 소리처럼 울렸다. 내 계산은 길을 잃었다. 새벽은 내 눈 위 눈가리개처럼 무거웠다. 나는 날을 알아보지 못했다.

한 사고가 전류를 멈췄다. 집 전체 램프들이 꺼지자 일제히 울음소리가 났다. 발걸음이 천장을 망치처럼 두드렸다. 빛은 숨겨진 문을 통해 들어왔고, 어둠에 싸인 벽들의 옷을 벗겼다. 빛은 그림을 살짝 건들고, 화장대에 앉아 있는 젊은 여인의 얼굴을 지나가며 알랑거렸다. 여인은 전에 앉아 있던 방의 어둠 속으로 다시 들어가기 직전이었다.

내 침대에서 나는 아직도 거울에 비친 그림 속 필촉(筆觸) 자국들이 번쩍거리는 것을 본다. 내 머리맡에 놓인 석유램프의 불꽃 심지를 낮추고 나는 눈을 옆방에 고정하고 조도를 낮춘다. 색들에 서린 음지의 열기가 주변의 어둠을 지배하는 것을 본다. 환한 세계가 비로소 망각된다.

마침내 어두운 그림 속에서 떠오르는 것은 태양의 드레스, 불길의 드레스다. 섬광이 여기저기서 올라오는데, 푸른 안료, 붉은 안료 저 안쪽에서부터 샘솟은 것 같은 구불구불 사행 문양.

성벽 없는 실내에서는 어떤 것도 노래하지 않는데, 두 행복한 여인이 무도회에 간다며 단장하고 있다.

검은 바탕 위 이파리들의 미미한 소리 이외에는, 갖가지 자줏빛 이외에는, 무덤 저편의 침묵으로 영원히 나뉜 두 금속 하프 이외에는 아무것도 남아 머무르지 않았다.

두려움을 몰아내기 위한 것처럼 사랑의 블랑슈라는 이름을, 하계 여신의 이름을 나는 반복한다.

색들은 땅 밑으로 뻗어가고 화가는 그 색들을 인간과 유사하게 엮으려고 애쓰며 자기 손가락을 찢었다. 저녁이 오고, 밤은 벽들을 일으켜 세운다. 보이지 않는 손들에 광석 찔레꽃들이 매달려 있다. 찔레들은 그들 무게일 뿐, 살아 있는 눈 속에서나 보는 별빛 가득 일렁이는 먼지들.

아직도 이런 생각은 환각, 미끼.

이 생각은 내 마음에 세 개의 거울을 만든다. 익숙한 이미지의 광경이라야 안심이 되곤 했던 내 상상력, 나는 더는 내 상상력을 진정시키지 못한다.

하계의 여신은 나를 떠나야만 했다. 너무 슬프다. 그녀를 눈으로 좇기 위해 나는 내 덧창을 밀었다. 그녀의 갈색 모피, 염색 펠트 모자만 보인다. 이 요란한 옷들의 부동의 색 앞에서 내 심장은 오그라들었다. 그녀는 나에게 오기 전 그녀 머리 위에 썼던 그 붉은 모자 아래서 울었다. 색 속에 사는 것들 모두 땅 밑에 산다. 그녀는 무엇의 포로인가? 그녀는 내게 말하곤 했다.

"하얀 제비가 닫힌 방에서 살았어요. 당신이 창문을 열 때, 그림자 속에서 일어나는 건 하얀 제비예요. 태양을 만나러 광선처럼 날아가요."

곧 밤이다. 들어라. 어둠 속에 윙윙, 어둠 속의 벌.

너에겐 너무 큰 사실이 네 삶을 다 태우리라. 네 나약함에 비해 크지 않은 사실이 어디 있겠느냐? 만일 네가 네 목소리에 불과하다면 넌 그 위대함, 아니 그 위대함의 비밀이 될 것이다.

사랑 이외에는 아무것도 기다리지 않는 사람들의 사랑의 대상이 되고 싶다.

너무 늦었다. 길거리에 아무도 없다. 날이 아직 남았는데 약간의 그늘이.

무리들이 사라지면서 더 트인 밤, 텅 빈 진열창의 반사 불빛, 아무것도 팔지 않는 상점. 모든 문들이 열렸다.

하얀 옷을 입은 하계의 여신이 천천히 걸어온다. 여신은 안에 사내를 감추고 있던 여자 피조물의 커다란 눈을 갖고 있다. 급함을 감추기 위해 발걸음을 늦춘다.

공모 같은 행동, 시선. 복도 안으로 이 여자가 들어간다. 발걸음 소리를 죽이며. 이건 여자를, 남자를 공모하게 하는 사랑이 아니다.

그것은 이젠 사랑이 아니다. 모두가 생각하는 것, 허공에 있는 것, 죽음 같은 것, 하지만 또 죽음은 아니다. 한 손이 하계의 여신에게 푸른 돌을 준다. 그다음 문에서 한 그림자가 여신에게 붉은 돌을 내밀고 여신은 에메랄드를 그러줜다. 그렇게 목걸이를 만들어 너무나 창백한 자의 목에 끼워줄 것이다. 그 모든 색들이 위독한 그의 피부 위에서 하얗게 변한다.

나는 거리를 안다. 상인의 외침은 유리창을 흔들고, 나는 집들을 안다. 나는 가장 낮은 곳에 숨어 있는 남자를 알지 못했다. 아무도 그렇게 큰 자를 알지 못했고, 하계의 여신도 그를 안으려면 팔을 벌려야 한다. 그렇게 낮게 뻗어 있는 그를 알지 못했다. 그녀는 그를 껴안기 위해 몸을 던져 무릎을 꿇었다. 나는 끼어들고 싶었다. 이 여자가 자신을 잃을 위험에 처했던 것은 나를 위해서였다. 나의 구원을 위해서 자신을 기꺼이 바쳤다. 내가 그녀와 조우했을 때, 그녀는 이미 회색 머리였다. 아무도 그의 병이 그렇게 위중한 줄 몰랐다. 그의 들것을 들기 위해서는 여러 사람이 필요할 것이다. 그녀는 그것을 따라가며 노래를 부를 것이다. 그는 그녀에게 사랑하는 것을 배웠다. "죽어가는 시인입니다." 그녀가 말하곤 했다. "만일 그가 어린아이가 아니었다면 그는 나의 어린 시절입니다."

"하지만 그의 두 눈에서 살면 유리한 점이 있어요. 그 눈들이 보는 것 속에는 우리가 조금, 아니 거의 다 있어요. 너무 아름다워 보이니까 사랑하고 보는 거거든요."

"물리적 유형지가 계시하는 세련된 부드러움. 선택된 물체 앞에는 그의 시선밖에 없어요. 낮의 나체를 살짝 만지는 일."

"당신은 정말 하얬습니다. 그것은 기쁨의 색이었어요, 밝게 터지는. 당신 색이었죠. 대낮의 색. 내 그림자가 서려 있던 색."

"당신은 나를 떠날 거지요. 당신은 지평선이 될 거지요. 검은 백합 한가운데 다 타버린 흰 백합처럼."

"당신은 내 눈을 위해서만 존재합니다. 내 목소리는 당신에게 은신처를 주었지요. 내게 멀리 있는 당신, 난 당신 웃음밖에 몰라요. 그 모든 것을 다 주파해버린 너무나 감동적인 웃음. 세상에 가진 것이라곤 눈밖에 없는 자들처럼 머리가 어지럽습니다."

눈〔雪〕은 온통
모르겠는 악의 이미지.
그래, 결혼을 축하해.
태양만 오겠지만.
가는 자들은 모른다.
십 년에 한 번은
흰 개양귀비 피는 곳 가까이
부재가 다가와 있음을.

내 어머니의 정원
꽃들은 하나하나
내 눈썹과 함께 닫힌다.
대낮의 거짓말 눈.

색들은 어디 있나?
밤이 다 보는데.
붉음은 자기 날개를 팔고,
하양은 추위에 죽는군.

입술 위로
얼어붙은 나비 한 마리 침몰한다.
그림자와 그 그림자 사이로
우리 사랑 가버리고.

덜 슬퍼하렴.
너의 말을 들어줄게.
흰 개양귀비를 의심하는 그 미친 여인에게는
없는 네 눈을 떠.

네 이름은 아무도 아냐.
네 이름 자체의 비밀인 거지.
작은 숲 속의 한 나무처럼

덜덜 떠는 온통 검은 그.

얼음꽃을 따렴.
멀리서 추위가 보여.
네가 지나가는 곳에서 반짝이는 것,
그게 네가 아니었다면?

13

우리 세계보다 더 순수한 세계가 있다. 우리가 보이지 않는데 우리가 들어가 머물 수도 있는 곳. 우리들 그림자만 양도하면 되고, 모든 것이 되지 않아도 되는 세계. 그 세계는 이런 매혹적인 꿈들을 닮았어. 우리 자신을 그만 경계하면서 들어가지. 한데 열쇠는 손에 쥐고 있어. 우리 자신이 우리와 헤어져야 하는 경험으로 우린 놀라고 씁쓸하지만.

널 너로부터 떼어놓지 않고 들어가길 원했던 세계. 넌 그를 그로부터 떼어놓는군. 대지는 도처에 있어. 네가 도망칠 수 있는 세계. 그게 네 목소리에 있지 않으면 그런 세계는 어디에도 없지만.

내 왕국은 이 세계야. 하지만 난 내 왕국 안에 있지 않아.

꽃이 꽃대에서 분리되듯 각자 자기 자신에게서 분리되지. 하지만 모든 공간이 포함하고 있는 거대함으로 하나가 되지. 우티남, 로마니아네 호모시비 압투스 시트. 각자가 다른 자가 되어라. 그리 되면 모든 것이 되는 것이니.

내가 정말 세상에 그토록 요구했나? 난 세상이 내가 세상에서 발견한 내 아름다운 생애로 답해주길 원했다. 내 심장이 영혼의 분열 속에서도 깊고 확신에 찬 이 일체성의 보증이 되어주길 원했다. 신비주의자들이 보았던 것, 나는 그것을 내 눈 한가운데서 발견한다. 내 몸은 황홀 속에서 피를 흘린다.

너무 늙은 하계의 여신 옆에서 나는 북쪽 길을 성큼성큼 걷는다. 로크롱그라는 이름을 지닌, 찾을 수 없는 장소를 찾는다. 길은 우리에게 마침내 나타났다. 길고, 가파르고, 넓적하고 편편한 돌로 포장된 길이다. 그곳에서 빛은 매우 높은 곳에서 떨어지는데, 시간의 소리를 진동시키려고 해서인 듯하다. 시선이 훨씬 멀리까지 가는 곳에서 우리가 찾는 교회가 나타난다. 그러나 비탈 쪽에서 반쯤 열린 문이 절뚝거린다. 내 여자 동행인이 나에 앞서 그 문을 연다. 우리는 버려진 묘지 안으로 들어간다. 작은 회색 돌바닥들이 깔려 있다. 이것이 모든 방문객들에게 주어진 과제다. 우린 정점에서 떨어져 나올 것이다.

인간, 넌 네 고유의 형제에 불과해. 왜냐하면 네가 네 형제로 여기는 자가 바로 너니까. 자기 고유의 것을 관리하는 일보다 한 인간의 휴식을 보증하는 것이 훨씬 유쾌한 일이지.

이런 진실은 가족의 틀 안에서는 잘 적용되지 못했다. 그리고 이런 진실은 자기 아들 안에서 사는 아버지한테 이기적으로 착취되었다. 오빠 안에서 사는 누이한테 착취되었다. 그들은 그들을 사랑한다고 믿는다. 왜냐하면 그들이 그들의 것이기 때문이다. 그들이 속한 것은 그들의 사랑이다.

유일한 한 존재만이 널 비켜나는데, 그건 바로 너다. 너라는 그림자에서 이제 그만 떨어져. 다른 너를 창조할 것만 생각해. 네가 다시 태어날 수 있게.

모든 것으로부터 벗어나. 너 자신으로부터 벗어나. 가벼워져,

무게 없이, 내용물 없이, 한계들 외엔 내 안에 아무것도 없다.

월요일, 뜨거운 빵의 불길, 화요일, 잎들 지붕, 수요일, 흰 암컷 고양이, 느린, 연기처럼.

사랑은 죽음의 거울, 바다를 울고 있을.

왜냐하면 하계의 여신은 멀어지고 가장 의미 없는 것들이 또 다른 하루 아래 내게 나타나기 때문이다. 그 사실들은 담담함을 상실한다. 내 슬픔이 날 거부하는 현실 때문에 그 사실들이 부풀려진다. 그것들이 시간을 발생시키는 것 같다.

하계 여신의 얼굴은 시선을 태워버렸다. 그녀가 빛의 눈을 내게 덮어버렸다고 해야 할까.

"이 검은 장미들을 누가 가져왔죠?"

"그건 검은 꽃들이 아니에요. 그리고 어제, 그 꽃들이 거기 있었어요. 그땐 붉었죠. 당신은 그걸 검다고 보네요. 당신은 아직도 잠들어 있나 봐요."

물건 같은 내 존재 속에 굳어진 나는 드문 위험을 알았다. 다른 사람들이 찾고 찾았던 것, 나는 그것을 발견한 것이라고 생각했다. 내 부동성은 나를 불변성으로 만들었다.

네 존재에 대한 감정과 네 존재에 대한 개념을 더는 상충시키지 마. 네 고유한 이미지만 되어라. 그리고 네 자신 안에서 알겠는 것만.

생에 대한 네 지식은 생에 대한 네 사랑의 정도에 달려 있을뿐.

만일 내가 정신적으로 유배된 세계가 내 감정들로 싸여 있고,

내 생각들로 뒤덮여 있다면, 내가 그곳을 떠남과 동시에 어떤 것도 다시 취할 게 없을 것이다. 네가 널 삭제해버린 부분이 있다면 널 강박하곤 했던 사랑의 이미지 그 언저리다. 분명 하나의 생이라는 먹이가 있는데, 그 생에서 넌 그림자에 불과하다. 사물들의 목소리에 주의하며 있기를. 그 목소리가 너와 분명 구분되는 건 어쩔 수 없지만. 넌 깊은 존재라는 네 현실만 잡으면 될 거야. 네가 그에게 도구로 쓰이기 전 너를 둘러싸고 있던 것 속에서 네가 자란 걸 너도 봤잖아.

이런 확신만으로도 나는 충분해. 내 현실은 차용이다. 내 존재는 내겐 내 외부다. 나는 모든 주제가 되지는 않겠지만 내가 동사로서 수행하는 행동 속에서 나라는 존재가, 나라는 주제가 떠오른다. 나는 심히 내가 가벼워짐을 느꼈다. 내 행위들은 이제 내게 어둡게 보이지 않는다. 작가로서의 내 본성은 결국 인간으로서의 내 존재의 본성이 되었다. 특징적인 행동을 통해 한 인물을 그리려고 나는 노력하는 것이다. 나는 이 단순화되고, 예리해진 시각에 더 잘 적용된 형태를 찾아 나아갔다. 그런데 나는 내가 찾고 있던 것이 무엇인지 알고 있었나? 나는 한때 각 개체를 그가 하는 본질적 행동 속에 가둬놓고 보려고 했다. 각 개체를 묘사하는 대신 그 개체를 평가할 수 있게 하는 사실들을 더 보려고 했던 것이다. 나는 돌이킬 수 없는 행위들을 통해 그것을 포착했다. 그러나 이런 선호는 작가로서의 내 취향을 알려버렸다. 내 어떤 스타일의 편애를 드러냈다. 언어를 위해서는, 내 본성을 드러내면서 그 본성을 발견하는 것은 좋은 계기다.

행동에 대한 정의가 내 직감을 통해 초벌 손질되었나? 잠정적으로는 지각할 수 있는 불변 세계와 늘 움직이는 이 세계 사이의 만남 정도로 이 행동을 정의하고자 한다.

여러 달 동안, 횡설수설하면서, 방황하면서 나는 두 스타일을 만들어내려고 애썼다. 하나는, 그 모델은 《아이네이스》에 나오는 것으로 완결되지 않은 행동들만 묘사하는 것이다. 《아이네이스》라는 작품에서 주제는 시간과 장소라는, 즉 자기 보완물에 의해 지배당한다. 한 작가가 있고 작품이 있고, 작가가 그 주인인 듯하지만 완료된 것에 한해서만 그러한 것이다. 또 오비디우스는 다른 스타일의 모델을 제시했다. 그리고 나는 그것을 거기서 동사가 차지하고 있는 돌출 때문에 타동적인 것이라고 명명했다. 그것이 훨씬 더 숫자가 많은 것도 아니고 더한 정성으로 선택된 것도 아니지만 펼쳐지는 문장을 훨씬 더 분명하게 지배하고 있기 때문이다. 단어들의 선택을 유인하면서.

그리스 언어의 역사를 보면 메이예는 그리스어에서 개념들은 프로세(procès)*의 시점에서 제시된다고 적는다. "가장 자의적으로 표현된 것은 사물들이 아니라 행동들이고, 바로 거기에서 사물들이 유래한다. 명사들은 동사들의 파생이다."

---

* 소송, 진행과정 등을 뜻하는 이 단어는 언어학에서는 동사가 나타내는 동작·상태·상태의 변화를 총괄하는 개념으로, 사행(事行) 정도로 번역된다. procès는 또 옹기, 돌기라는 뜻도 있다.—옮긴이

14

내 의식에서 빠져나오지 않고 일단은 깊이 잠이 들었다. 생기
라곤 없는 내 눈길은 떴을 뿐 내 몸처럼 움직이지도 못하는 눈
위에서 헛돌았다. 불편하게 앞에 있는 벽난로 위에 돌 조각 천
사들이 마주 보고 있고, 난 그것들을 멍하니 보고 있다. 널판자
벽 위에 붙어 있는 털실 꽃송이들도. 누르스름한 램프가 저 후
미진 곳에 있고, 거기서 나오는 검은 불길들이 내 협소한 수평
선을 덮어버린다. 내 몸은 목소리들이 가득 들어찬 진흙 구덩
이 같은 것에 처박혀 있다. 라디오가 떠든다, 전선이 빠져 있는
데도. 아주 큰 소리로 떠든다. 아까부터 듣고 있었던 것도 같
고, 갑자기 크게 들린 것도 같다. 소리가 퍼지면서 아주 크게 확
대되는 것도 같다. 손 하나가 내 손안에 있다. 놀랄 것 없다. 사
건이라 해도 내 손과 관련된 일 정도일 테니까. 내가 사는 곳 어
디에나 생이 있다. 그리고 내가. 형체를 띤 어떤 동요가 내 입술
위에 키스한다. 짐작이 가는 얼굴이 내 곁에 와 있다. 부드러
워. 내 심장 속에서라면 몰라도 다른 데서 날 이렇게 깨우는 거
라면 너무 가까이 와 있는 거지. 내 가슴 바로 옆에 사진기 하나
가 펼쳐져 있고, 난 그 세부들을 관찰한다. 그리고 서툰 동작으
로 고장 내려 한다. 내가 꿈꾸고 있어 다행이다. 아주 어린 아이
처럼 내가 여리면서도 사악해진 것 같다. 지금 그 애의 맨장딴

지를 잡고 있는 건가? 이젠 아주 단단하고 건장한 손 하나가 내 손을 누르고 있다. 난 그 손을 잡는다. 놓는다. 웃옷 아래로 손을 넣어 지독히 마르고, 짧고, 뼈만 앙상한 팔을 한번 만져본다. 내 가슴 위에 버려진 스웨드 가죽 장갑. 내 눈길 닿는 저 높은 곳에서 내 생각은 다시 생성되고 있다. 눈 덮인 장미 나무 가지에 광선 하나가 달려 있다. 내 팔의 용도란 이미 뻔한데, 가지는 여전히 공중에 매달려 있다.

정신이 돌아왔는데도, 내 사지는 내 사지 속에서 자고 있는 듯했고, 내 손가락들은 내 손가락들 속에서 자고 있는 듯했다. 다시 태어난다는 것은 신기한 일처럼 보인다. 내 여린 신경을 다소 건들며 생의 조직이 부드럽게 다시 짜인다. 내 눈은 다시 반짝인다. 불길 속에 있는 것 같은데 바람이 훅 지나가니 깜부기불이 되는가 싶어 나는 내가 밝히고 있는 불 속으로 얼른 나를 밀어넣는다. 그리고 이어 생각으로라도 내 죽어가는 몸뚱아리를 은하수 속으로 힘껏 비상시킨다. 거기 내 몸과 똑같은 것이, 생명력 가득한 것이 있으므로. 마치 손들이 자꾸 없어지는데 거기서 손들이 빚어지고 만들어지는 것 같다.

내가 살고 있는 집은 세 개의 벽으로 이루어져 있다. 네 번째 벽은 거대한 창문이 차지한다. 저녁, 나는 현관문보다 더 높이 있는 내 덧창들을 활짝 연다. 그리고 별들이 쏟아지는 밤을 내 것으로 만들고 싶어 날이 밝기 전에 닫는다.

그것은 생수리 마을의 알려지지 않은 구석이다.

밤에 나가려면 변장을 한다. 대로는 깊고 어두웠다. 진열 유리창에서 내려온 밝은 초록빛 새틴 천 같은, 창백하고 푸르스름한 긴 인물 형상들은 없다. 그들은 셋씩 적막으로 가득 찬 긴 도로를 걷고 있었다. 전동차 다니던 차가운 레일들은 길고도 긴데 밤은 그 끝을 감추고 있었다. 그들은 똑같은 미소를 짓고 있는 마분지 가면을 쓰고 있었다.

그곳은 나의 어머니가 나보다 앞서 간 나라다. 그곳의 열락과 고통은 알려져 있지 않다. 미소는 거기서 구입할 수 있으나 얼굴에 쓰는 가면보다 약간 무게가 덜 나간다.

조금 멀리서 나는 블랑슈 아베유를 본다. 하얀 벌. 아마도 날 찾고 있겠지. 날 기다리고 있겠지. 어둠이 진다. 하지만 여기는 밤의 장소가 아니다. 이것은 어둠의 공간이다. 말은 말을 모른다. 그러나 말은 우리가 누구인지 다 알기에 우리가 누구인지 감춘다. 내 어머니는 나를 알아보지 못할 것이다. 이제 내 상처는 내 가슴속 깊이 들어와 있으니까.

매일 내가 잠이 드는 방과 같은 방에, 약간 더 큰가? 하여튼 세 개의 침대가 나란히 놓여 있다. 한 침대에서는 간호사가 자고, 또 하나에서는 몹시 젊은 아가씨가 나처럼 다른 두 침대 가운데 하나에 누울 것이다. 이런 생각을 하면 기분이 좋아진다. 어슴푸레한 빛이 방을 감싼다. 시선 저 안쪽에서 마음의 길을 찾았는지 빛이 살랑살랑 일렁인다. 한 가구 위에 놓인, 우리가 찾았던 먼지 뒤덮인 그림들을 바라보며 우리는 꺼진 목소리로 말을 한다. 다 좋아. 다 행복해. 왜냐하면 우리 세계와 비슷한, 아니 우리 세계보다는 좀 가벼운가? 그 어떤 것도 거기선 우리가 기다리고 있는 것을 흔들어놓지 못할 테니까. 위협이 사라졌다 할까. 그림자 끝을 보겠다면 심장을 좀 더 세게 뛰게 하면 되지. 우리 욕망은 다 같은 것. 하지만 욕망을 완성하도록 우리를 이끄는 것은 존재의 무게는 아니다. 우리의 행위 정도로는 아무것도 끝이 안 난다.

이 방 주변의 다른 칸들은 밝고 크다. 복도들은 길게 뻗어 있고, 자물쇠 없는 문들이 칸칸이 나 있다. 문들은 문틀 위에서 홀로 흔들거린다. 우리의 말이 우리를 격리시키는 세계. 우리를 추적하려면 우리의 생각을 짐작해야 한다. 그 생각 너머 뚫고 들어갈 수 없는 하늘에 잔뜩 퍼져 있는 숨막히는 목소리, 그 속에서 그 생각들을 번역해야 한다.

나는 오늘 저녁 생수리의 한 여자 주민을 맞았다. 그녀는 자기 주변을 빙빙 도는 대머리 악마를 동행하고 왔다. 눈은 정확한데, 뭐랄까, 그 여자에게 길을 열어주려면 곡괭이를 잘 다뤄야만 할 것 같다. 여자는 머리칼은 헝클어지고 입은 앞으로 툭 튀어나와 있고 입술 위로는 다 얼굴이다. 여자는 황홀경에 빠진 듯, 몽유병에 걸린 듯, 묵언의 질의를 하니 당황스럽다. 계속적인 그 암시적 안색. 여자를 보며 온통 신경을 곤두세워야 하는 한 귀머거리의 당황.

여자는 서두르지 않고 태양을 건넜다. 여자는 샘물처럼 신선하다.

여자의 미소는 양 입술 사이에서 생겨나 입 위로 퍼진다. 얼굴 아래만 덮고 있는 가면.

여자의 윤곽은 화살이 날아가면서 남긴 흔적처럼 그려진다. 여자는 아름다운 회색 눈을 가졌다. 그 눈 속에서 그림자가 푸르스름하다. 햇볕 든 길 위에 그림자가 접어들듯.

여자는 아름답다. 묘사할 수도, 그려볼 수도 없을 만큼 아름답다. 그 여자가 원했던 미인의 모습대로 아름답다고 말할 수 있을까. 그녀 얼굴의 빛은 그녀 의지의 얼굴이다.

블랑슈 아베유는 몇 걸음을 걸었다. 잔디밭을 따라 걸어들어와 내게 가까이 왔다. 오솔길들이 여자 주변을 돌았고, 나뭇가지들과 나무들과 함께 여자를 따라왔다. 가벼운 하늘 아래, 물은 거울 같다. 나는 그녀에게 내가 그녀 앞에서 한 것에 대해 묻고 싶었다. 내 심장은 막막함 속에서 세게 뛰었고 내 시선과 나는 분리되었다. 나는 그녀를 찾기 위해 온통 적의적인 그리고 한계도 없는 세계에서 도망쳤다. 그 순수하고 축소된 이미지는 이제 그녀의 왕국이었다.

매일, 그녀는 내 긴 의자로 온다. 날이 쾌청하다. 개암나무들이 우리에게 몸을 기울인다. 이 조용하고 안심이 되는 세계, 내가 보는 모든 사물들이 나로 하여금 심연을 잊게 만들었고, 사물들이 날 찾아낸 곳은 그 심연이었다. 나는 내 여자 친구를 어린 한 아이의 눈으로 조용히 본다. 나를 뒤따라온 침묵 속에서는 그토록 여리고 가녀린 그녀가 손동작은 너무 크고 급작스럽다. 그녀가 웃으며 나를 검사한다. 나는 입을 다문다. 나는 그렇게 내 목소리가 두려운 것인지.

왜 내 생각들은 그렇게 건너기 어려운 날카롭고 기만적인 안개로 둘러싸여 있을까? 인간들은 모두 자신을 표현하는 데 나만큼이나 서툴다. 하지만 다들 이 약점을 받아들이지. 말 아닌 영역에서 자신의 생각을 찾아낸다고 믿지. 인간이 머릿속에 품고 있는 명제는 표현이 안 되고, 단어들 위에서만 먼지처럼 일렁인다. 그런 명제는 이 꺼진 분신 속에서 찾아진다고 믿을 뿐인데, 하나의 문장이라는 게 원래 그렇게 해서 만들어질 것이다. 하루에도 몇 번이나 하나의 인상이 내 눈을 깨우는데, 소용없는 일이다. 내 생각에 내가 빠지면 빠질수록 내가 침묵하고 있다는 것을 내가 덜 아는지도 모른다. 내 혀가 내 예민한 생각 위에서 돌처럼 무겁다.

겨우 깨어난 나는 잠 속에서 나를 앞서갔던 알록달록한 말들에 대해 적대적이게 되었다. 귀머거리인 세계의 죄수가 되어 있어. 나는 말해, 하지만 나는 헛되이 말해. 내 주변의 벽들이 다시 닫힌다. 내가 사용하는 단어들은 갑자기 늙었다. 나는 그것들을 아무 데나 모아놓는다. 그것들은 더 이상 내 호흡이 아니다. 나는 힘들여 그것들을 든다. 잠 속에서는 나와 같은 나이였는데, 이젠 아냐. 동일하지만 더는 내 시선을 알지 못해. 지식으로 날 짓눌러. 잠은, 내가 기억하기로는 삶 자체였어. 부드러운 환영, 환영의 말이 속삭임이라는 걸 발생시켰고. 인간은 깨어나서 살라고 만들어진 건 아니지. 그의 생각은 단어들을 거부하지. 그의 생각은 태어나기 전에 이미 늙었고, 인간 해골 속에 망가져 있는 선사시대 물질처럼 배은망덕하고 석회질처럼 굳고 광물화되었다.

내 사랑에 다가가면서 나는 내 여자 친구에게 다가간다. 내가 그녀의 것이라는 말을 그녀에게 할 줄 모른다. 그러나 나는 우리 두 사람을 멀리 떨어져 있는 사물들이라고 명명한다. 내 가슴의 가장 순진한 감정, 그건 내 표현 앞에서 내가 그냥 그 아무나가 될 때만 살아 있다. 나는 그녀에게 말한다. 날씨가 참 좋아. 떡갈나무는 검어. 움직이는 이 세계에서 단어들은 동사들 다음에 태어나야 그 단어들이 잠에 제공하는 차원에 가까이 갈 수 있지. 꿈과는 달리 모든 말은 행동이지. 인간은 사실의 그림자에 불과해.

극장의 객석인가? 쾌락의 장소인가? 모든 빛의 부재, 어둠은 낯설고. 이 잔인한 색들, 생과일 맛 나는 공기 속에 부드럽게 빛나는, 포석 깐 안뜰 아케이드 아래. 그것은 추운 장소이며 모든 것으로부터 떨어져 있는 곳이다. 나는 새벽으로 들어갔다. 그러나 어찌나 독특하고 부드러운 새벽인지. 하계 태양의 빛나는 나라에서 온, 작은 전등 같은 오로라. 오로라가 태양으로부터 몸을 돌리자마자 땅에서부터 빛이 올라온다.

아케이드 아래 웅크리고 나는 연못을 바라보는데 여자의 손이 금붕어를 낚시한다. 나는 이 동물들이 물 바깥에서 너무나 쉽게 사는 것에 놀란다. 그들 중 하나는 우주복 같은 잠수복 속에 머리를 완전히 집어넣고 있다.

야회 드레스를 입은 여자가 나에게 다가왔다. 그녀는 그녀가 나라는 사람에게 얼마나 관심이 있는지를 보여주려는 듯 내가 관찰을 하는 것에 몸을 숙인다. 봄을 그 집의 황금빛 안에 가두기에는 그녀는 너무 강압적이고, 열정에 사로잡혀 있고, 충분히 지배적이다. 사람들은 그녀의 나이를 궁금해 하지 않는다. 왜냐하면 멀어지면서 밤을 만드니까. 내가 나를 그 친구들에게 소개해도 되는지 물었을 때 마침내, 그녀는 재빨리 우아한 신사들 사이로 나를 끌고 다녔고, 그 신사들은 내 이름은 듣지도 않고 나를 환영했다. 내 손에 금 부적을 쥐어주었다. 편편하고 납작한 실루엣에 문양들이 새겨진 부적이었다.

15

쉬느라 그냥 내버려두고 잠이 든 책들 한가운데서 소스라치게 놀라 깨는 일이 종종 있었다. 내 귀를 가득 채우는 시끄러운 소리에 깜짝 놀랐고, 그 소리 위에서 내 의식은 조용한 너울을 이내 편다. 박명의 첫 햇살, 아침의 색깔들에서 훨씬 생생한 광채를 보는데, 내 정신의 광선이 이성에 천천히 자리를 잡는 듯하다. 인간은 하나의 음을 들을 때 계속해서 소리에 의해 자극을 받는 한 감각기관을 통해서만 듣는 것이라는 생각을 나는 몇 번을 했다. 귀는 절정에 이른 하얀 빛의 소리처럼 거대하고 절대적인 소리로 채워졌다. 그렇게 몸 속에 둔탁하게 들리고, 암암리에 지각되는 음, 몸은 공간과 함께 갑작스레 그것을 공유한다. 눈도 하얀 빛으로 부시다. 모든 인간은 자신의 영혼 속에 모든 경험에 선행하는 거시적 존재를 함유하고 있다고 나는 생각한다. 어떤 사실들이 그를 꿈에서 끌어내어 깨운다. 그 사실들은 늘 그 안에 있었다.

쓸모없는 것에 전적으로 만족하게 하기, 욕망의 몸뚱아리 인간을 충족하게 하기, 모호한 인간을 자유롭게 하기. 한 인간이 자연과 합일된 듯한 포식감으로 살아남으면 무장 해제되고, 나체가 된다. 만일 예술이 별다른 것을 마련해주지 않으면 욕망의 몸뚱아리 인간은 불안해지고, 하여 불행해진다.

예술은 필요다. 모든 필요조건들의 충족에 의해 창조되는 필요, 그것이 예술이다. 예술은 존재 자체에 기초하여 살아야 할 필요에 기초한다. 이로써 모호한 인간은 서서히 실체가 되며 그에게 부여된 규칙은 모든 존재의 수단이 된다.

인간들은 삶이 그들과 관련된 사건들보다 먼저라고 생각한다. 삶은 사건들을 생기게 만든다. 삶이 사건들에 무엇인가를 제공한다는 것을 알아차리지 않아도, 자기 관대함을 변질시키지 않아도 삶은 사건들을 생기게 만든다. 삶이란 날과 함께 하늘에서 처음 내려온 것 같고, 날처럼 무심하면서도 자신으로 충만하다. 의심할 것 없이 이런 환각은 어린 시절 형성되었다. 특히 젖먹이 때. 존재한다는 행복에 눈멀어 있을 때.

우리 존재는 대지 위에 있다. 거기서 존재는 나무처럼 자란다. 존재는 과일 속 즙처럼 사건들 속에 있고, 그에 완전히 동화되어 우리에게 온다.

우리 야망은 사는 것이 되어야 한다. 즉 존재에 통일성을, 깊은 밀도를 주어야 한다. 우리는 우리가 우리 현실로서 붙들고 있는 사실들과 함께하는 호흡만을 받아들였다.

삶을 믿는다고 말하면 너무 주의주장이고 나 이외에 기대할 것은 하나도 없다. 내 삶에서 기대하는 것은 나뿐이다. 신을 믿는다는 것도 그런 것이다.

신을 믿어라, 그리고 너 자신을 의심하듯 네 악들을 의심해라.

내 최고의 동지에게 나는 거짓말을 해야 했다.

그가 모르는 사이, 나는 그의 여자 친구에게 그녀가 필요한 마약을 얻어주었다.

나는 약간의 후회를 느꼈다. 그 후, 내가 이 여인이 땅의 오렌지를 짜는 것을 보았을 때, 천둥이 칠 것 같은 저물녘에 그녀의 코로 그 오렌지를 가져가는 것을 보았을 때, 그래서 그녀가 그녀의 반지 위에서 오렌지를 반짝거리게 하면서 신성스럽게 하는 것 같았을 때 나는 부풀어오르는 거북함을 느꼈다.

나는 내게 그다지 자연스럽게 보이지 않는 몇 마디의 말을 했다. 그 후, 나는 입을 다물었다. 전혀 엉뚱한 말이 나와 망쳤지만 내 목소리와 내가 말한 내용도 전혀 하나가 되지 못했다. 하늘이 닫혔다. 황혼녘 빛이 여인과 나 사이에서 돋아났다. 그 공간과 그 지평선이 심연이었고, 이 모호한 빛 속에서 나는 스스로 붉어졌다. 마치 비난받을 행동을 완수함으로써 내 존재를 지탱해온 사람처럼. 날은 우리 시선에 의해 일단 개화된 후에만 날이다. 바로 그 시선에서 우리는 우리 자신을 끌어낸다. 보석을 집어넣기 위해 함 하나를 붙잡으며 내 젊은 동지는 내 책상의 경첩과 부딪혔다. 팔찌의 사슬이 경첩에 걸려 그녀는 한순간 멈칫한다. 이 무의미한 사건이 내 의식 속에 깊이 박히더니 그 인상 때문인지 나는 고통을 느끼기 시작했다.

그리고 소홀히 하면 안 될 시적인 비평을 쓰듯 나는 오늘 몇 가지를 기록할 수 있다. 사건은, 그 자체로 그토록 중요한 사건은 그 특징들로 풍부해지면서 잊을 수 없는 것이 되었고, 나는 그것을 예측할 수도 없었다. 그에 덧붙여 세부적인 것들이 달아날 것 같으면 같을수록 영원히 현존한다. 보존되지 않고 그냥 지나가도록 하는 동작으로 더 보존되는 것처럼 우리가 눈으로 보는 것이 스스로 기억되는 것도 그것이 가장 지워지기 쉬운 특징을 지녔을 때다.

시계종이 울린다. 나의 우체부가 간수 같은 고압적인 표정으로 집으로 들어온다. 웃으며 나에게 안녕, 이라고 말하는 하얀 벌을 바로 앞에 세우고. 그리고 앉더니 어슴푸레한 내 방을 마치 제 손수건 꺼내보듯 바라본다. 우리가 만나는, 듣는, 여자들은, 남자들은, 날 속에 담겨 있지 않다. 그들이 날을 담고 있다. 그들은 이미 내 눈 속에서 날을 창조했다. 마치 그들이 내 추억 속에 그 날을 움트게 한 것처럼.

그것은 진실이다. 내 모든 힘을 다해 알고 구현하지 않을 수 없는 진실. 마치 내가 시간들에 대해서는 자유를 거부하길 원했던 것처럼. 자유는 내 고통 때문에 나에게서 물러났다. 하루를 불구로 만들려고 그 끔찍한 유혹이 내게 온 것인가. 마치 내가 나 자신을 불구로 만든 것처럼. 내가 나 자신에게 부여한 침묵으로 그것을 망가뜨린 것처럼. 하루하루가 내 가슴에서부터 떨리는 겸손한 작품이 될 때 나도 비로소 그들의 작품이 된다. 나는 존재에 대한 내 직감을 분산하고 싶다. 그래서 그 직감을 내 시선 한가운데로 갖다놓는다. 나는 태양 속에서 날을 보지 않을 것이다. 나는 날을 그 근원에서 볼 것이다. 우리들 그림자 사이에서 날을 일깨우는 물체들 속에서 볼 것이다. 우리는 우리 존재가 아니라 외양이다. 우리는 하늘에서 태양을 찾아서는 안 된다. 꽃 한 송이에서, 조약돌 하나에서 찾아야 한다. 태양이 막 거기에서 부화했다. 우리는 우리 예술을 이렇게 정의할 것이다. 완전히 실제라고 느껴지지 않는 피조물의 리얼리즘.

오, 너는 네 위대한 길 위에서 이 달몰이를 하는 자를 발견했다. 너는 그를 보잘것없는 출신에서 꺼내왔고, 다 알 수조차 없는 너무 큰 사랑을 그에게 불어넣어주었고, 그리고 그를 네 가슴속에 담았다. 너의 선한 것들로 그는 감히 가득 차리라, 그리고 그 선한 것들로 일어서리라. 그를 밝혀주고, 그를 성장시켜주었기 때문에, 마침내 그는 자신을 태양의 형제로 생각하게 될 것이며, 삶은 별들의 길을 통해 그에게 온다고 생각할 만큼 자신을 존중하게 될 것이다. 그가 쉽게 시간의 무게를 짊어지도록 너는 그에게 그들의 날개를 달아주었다. 그가 너의 도움 없이 격리와 부재를 겪지 않도록. 넌 그의 시선을 색들로 확대하였고, 그 시선에서 모든 의식을 제거하지는 않았다. 그러나 오늘 네가 미리 보게 될 환영은 삶의 원천들을 네 숭고한 길 위에서 찾게 될 것이다. 자신의 현실에 눈을 뜨며 무한한 저주 속에 빠졌던 자들을 그는 모방하지 않으리라. 희망과 사랑의 절정에 올라 자신을 알지 않고도 자신을 미리 보기 원했다. 그는 거대한 거울 속에서 자신을 찾는 자들과는 다르다.

삶이 날들에 버금가기를 그는 원치 않는다. 그의 삶은 풀이고 녹음이다. 삶이 그의 문 아래로 지나가기를 기다린다. 그리고 사건마다 그가 받는 굵은 구리 동전으로 그 삶의 무게를 잰다.

그를 바라보지 않고 그에게 말하는 달콤한 눈을 가진 한 소녀가 들어온다. 그리고 그가 너의 이름을 쓰는 페이지 위에서 성냥 개비 불꽃 하나가 번쩍인다, 한 섬광이 탄다. 너는 그녀를 한 피조물의 운명으로 세상에 내놓았다. 그녀의 힘은 네가 그녀에게 계속해서 베푸는 은혜에 따라 측정될 것이다.

우리 시선이 우리 삶을 빛 한가운데서 찾지 않아야 한다. 우리 삶은 우리 눈의 그림자 아래서 음험하게 만들어진다. 우리 날들은 태양의 높이를 가지고 있지 않고, 그 날들이 만든 우리의 존재감은 그다지 크지 않다. 일상의 행위들을 하나로 모으고 지배할 만큼은 아니다. 존재란 안에 찬 것, 안에 샘이 흐르는 것이다. 하얀 양털 옷을 입은 귀여운 아가씨는 입술에 미소 한 송이만 지니고 있고, 그녀가 서툰 말을 하며 잘 안 깎인 크레용을 닮아가기 시작할 때 그녀 눈에는 슬픔이 차오른다. 꿈속에서 보았던 것 같은 지평선, 반짝이는 물결 아래 어떤 메아리도 없고, 은밀한. 인간 목소리의 그 두께처럼.

삶은 네가 기대한 대로가 아니다. 네가 그 삶을 명명할 때, 너는 그 삶을 꿈꾸는 것뿐이다. 삶은 네가 듣는 말들 속에서만 진행되고, 이 보이는 윤곽들, 그 특징들 속에서 너를 관찰한다. 그것이 너의 사랑이 될 것이다. 네가 그걸 너무 의식하지 않으면 말이다. 네가 너와 같다고 믿는 세계를 망각할 때 그 망각이 발산하는 향기 속에 네 삶은 있다.

16

내 아픈 방은 어느 잘 모르는 집의 일층으로 통한다. 빛은 반쯤 가려진 창문을 통해서만 들어오는 것이 아니라 길가로 바로 난 문을 통해서도 들어왔다. 거기선 아무것도 들리지 않는다. 행인들은 다 탄 재 위를 신발 안창 삼아 걸어갔다.

이 희끄무레한 빛 속에서 내 간호사가 겨우 보였는데, 곧 날 단장시키는 행사를 하려 한다. 난 손짓으로 그녀가 하려는 일을 멈추게 했고, 덧창을 닫으면 붉은 새 한 마리를 가두는 것임을 시사한다. 새는 제비의 비상을 흉내 내듯 포도 위를 왔다 갔다 했으나 날개는 퍼덕거리지 못한다. 투덜거리지 않고, 그녀는 덧창을 연다. 흉상을 숙인, 심장처럼 작고 붉은 이 새를 나는 본다. 새는 영리하게 덧문들 사이로 쏟아지는 광선을 따라간다. 밖으로 나가려는 건지 방긋이 열린 문틈 쪽으로 서두르지 않고 걸어간다. 새가 태양에 가까이 다가감에 따라 꿩의 크기만 해진다. 하얗고 검은 깃털은 무슨 영구차 새 같다. 자유의 문턱에서 멈춘다, 멎는다. 그리고 기다린다.

나는 그 새를 방금 방에 들어온 내 누이에게 보여준다. 누이 앞에는 뭔가 뒤집어쓴 것 같은 뚱뚱한 사내가 있다. 그러나 또 난쟁이처럼 날렵하고 민첩하다. 이 벌목꾼은 쓰러뜨릴 전나무를 찾고 있다. 그는 나에게 인사를 하더니 마치 내가 그의 말을 들을 수 없기라도 하는 것처럼 내 하녀에게, 내 누이에게 그녀들이 날 잠들게 하면 자기는 다시 올 것이라고 선언한다.

꿈에서 나와 나는 다시 내 잠든 눈 속에서 내 시선이 되살아나는 것을 보았다.

나는 운전대를 나에게 맡긴 두 검은 사내의 포로가 된 채 밤에 자동차를 몰았다. 나는 좁은 길을 파고들었다. 차는 격렬하게 요동치고 덜그럭거리다 이내 폭신한 모랫길로 들어섰다. 아주 가까이에 연못이 있는지, 우리는 마침내 끈적끈적한 바람 속에 와 있었다. 두려움이 몰려왔다. 거품이 이는 투명한 물이 벌써부터 보여 더 두려워졌다. 날 지키는 자들이 그 절대적 무기력에서 나오지 않으면 차는 그 속으로 처박힐 터였다. 이 음산한 동행자들과 운명을 나눠야 하는 게 내 운명인 나는 우리 모두를 위협하고 있던 위험만을 상상하고 있었다. 끝까지 나를 따라오는 두려움 때문에 그들이 이 놀이를 당장 그만두었으면 하는 희망도 나는 감히 갖지 못하였다. 내가 빠질까봐 두려워했던 곳에서 그들은 정신이 돌아온 것이 분명했다. 나는 눈을 치켜떴다. 하지만 완벽하게 깬 건 아니었다. 그도 그럴 것이 시야에 우선은 익숙한 사물들이 흐릿하게 겹쳐 보이더니 한 작은 피조물이, 그러니까, 벗은, 한 여인이, 내 오른손 옆에 우뚝 서 있었기 때문이다. 빛나는 금발 말총들이 그녀의 머리 뒤에서 후광처럼 빛나고 있었다. 검지만 가볍게 움직여도 그 머리칼을 스칠 수 있을 것 같았다. 아니, 실제로는, 극도의 노력을 다해야 만질 수 있었다. 내 팔은 반몽 반각성 상태의 무기력 속에서

납봉된 듯 꼼짝도 안 했다. 손톱을 이 머리채에 가까이 가져가니 그녀 머리가 마치 황금 연기처럼 손톱을 따라가기 위해 펼쳐지는 것처럼 보였다. 내 이 작은 몸짓만으로도 어떤 깊은 작용이 일어나는 것 같았다. 나는 이 흔들리는 햇빛 가득한 털 앞에서 원한 같은 모호한 감정을 만들어낼 시간이 있었다. 그녀를 눈으로 포착하기 위한 노력과 나를 더 깨우려는 노력은 내 눈을 아연실색하게 만들었던 환영을 거둬가버렸고 나는 완전히 후벼 파였다.

결백한 사실들, 그 원인들과 더 잘 연결되어 있는 사실들은 어두운 지하 세계의 관계망에 더 종속되어 있는 듯 보인다. 그런데 실은 우리 영혼이 그 관계망에 길을 제공했다. 차갑게 식은 세계 속으로 들어온 그 사실들은 의도대로 우리가 만들어낸 맹세들에 아주 잠깐은 잘 부합된다. 우리를 찾으면서 그것들은 서로 만났을 것이다. 물리적 법칙을 온전히 따르며, 우리와는 상관없이 이미 꿈의 방식대로 배열되었다. 그것은 우리 앞에 놓인 모험이기 이전에 우리의 추억이었다. 각자가 이 명백한 기적의 열 가지 예를 안다. 모든 것이 실제처럼 보이는데 너무나 생생한 의심이 돋는다. 일주일 전부터 꺼진 램프가 그림자 속에서 우리의 문을 찾고 있던 미지의 여자 앞에서 다시 켜진다. 그러나 이 사실들은 우리에게 기묘한 실망을 남긴다. 낯선 질서라는 명백한 보증. 그것들은 그 어떤 특별한 감정적 색이 입혀 있지 않다. 단 한순간도 이성에 대해 경고하지 않으면서 이성을 의심하게 만든다. 그 기묘함은 성찰의 순간에만 우릴 놀라게 한다. 경이는 시의 길들을 따라가지 않고, 시는 그 이미지에만 적응한다. 만일 우리가 한 남자가 무덤에서 나오는 것을 본다면 우리는 그를 묘혈을 파는 인부로 여기게 될 것이다.

저녁이다. 브람스의 곡이 파문을 타고 흐른다. 겨울 색들이 그림들 위에서 환하게 빛나고 나를 지키는 자가 내 침대로 다가왔다. 한 창백한 소녀가 제 목소리와 그 미소에 대한 추억을 내 방 안에 남겨두었다. 머뭇거리던 그 웃음에 대한 추억은 낯선 언어의 가장 어려운 단어처럼 벌어진 그 입술을 달고 다닌다. 비행기들이 지붕 위에서 윙윙거린다. 내 주의력이 풀리는 것도 같고 내 주의력이 공간을 확대하는 것도 같고, 내 목소리가 예감되면서 그 아름다움이 약간 떨어져 나간다. 그러나 이런 인상은 내게 일종의 멍을 남긴다. 조용한 부화처럼 나를 둘러싸고 있는 것들의 찬란함을 언뜻 본다. 나는 시와도 같은 내 불능으로 그 바닥을 건든다.

나는 죽음인 것인가? 내 목소리에서 영원성을 발견하지 못하니 말이다. 나는 내 여자 친구들의 여성적 아름다움을 생각하며 너무 졸아들어 아무것도 아니게 된 경이 한가운데 있는 것 같은 기분이 든다. 바퀴처럼 활짝 펴진 한 마리 공작 깃털 앞의 작은 벌레처럼 내가 아무것도 아닌 것 같다. 그 부리의 위협. 나를 둘러싸고 있는 것을 그려라. 내게 더 이상 남아 있는 것이 없을 때까지. 내 사랑이 그림자에 불과하도록 운명은 내게서 모든 것을 가져갔다.

인간의 사고는 고유한 형태 없이 남기를 원한다. 인간의 사고는 단어들과 맞바꿔지면서 흔해빠진 초상화가 된다. 마치 한 남자가 자기 밭을 팔고 그 치른 값을 호주머니에 넣고 정작 자신은 나무와 길들을 혼합했다 해체했다 하는 영사기 안으로 들어가 스스로 갇히는 식이다. 그 영사기는 멀리서 보이는 풍경만 보여줄 것이다. 그가 자기 땅에 있었다면 그 풍경의 비밀을 꿰뚫었을 텐데. 단어는 세계의 기호이다. 왜냐하면 우리는 세계의 거대함에 깨어나지만 정작 세계에는 그 거대함이 차지하고 있는 자리는 없기 때문이다.

영감을 받든 혹은 받지 못하든 우리는 선택된 순간들을 통과하고, 이 순간들이 뚜렷이 드러나는 것은 무엇이든 말할 때다. 이것이 진정한 말의 행복이다. 의식을 초월하는 책임성을 우리에게 실으며 우리 개인의 의식은 커진다. 기억은 우리 안에서 녹는다. 정상을 벗어난 존재에게는 기억이 쓸모없는 도움인 양, 침묵으로의 헛된 초대인 양. 우리였던 그, 우리를 통과해서 지속되는 그. 그는 자기 속이라는 것이 있어 현존하는 것이다. 그는 우리다. 우리가 그래서가 아니라, 우리가 그렇게 해서. 너무 우리를 닮아 우리를 놀라게 하는 사건들. 우리 생긴 대로 구현되어 우릴 일깨우는 사건들. 나는 이 순간들을 알았다. 동정의 눈물을 머금은 눈으로 우리에게 왔던 이 순간들은 우리 서로 닮은 사람들 속에 고아들이 있음을 보여준다. 말은, 결국 사고를 지배한다.

가끔 치명적 고통의 회복기 상태가 있다. 늘 내 존재는 무덤에 대한 두려움으로 날 혼자 가만히 있게 놔뒀는데, 그것이 내게 왔다. 자신을 알리지 않고 나를 통과했다. 소란스러운 오열을 거쳐 내 안에 뭔가 차올라 마침내 조용한 저 높은 곳에 이른다. 거기서 내 기억은 더 이상 내 존재를 따라가지 못했다. 시인들의 노래는, 언젠가, 과거 그랬던 모든 것에 대한 책임자인 이 노쇠한 존재에게 말하게 될 것이다. 우리의 말은 그 약속에 불과하다. 그 말은 가끔 영원한 침묵 속으로 우리를 안내하고야 만다.

내 삶은 정신 앞에서, 계시가 되는 정신 앞에서 사라지게 될 것이다. 내 영혼의 특징이 아닌 사실은 거기서 양산되지 않는다.

내 삶을 정화하기, 그리고 내 가슴속에 있는 것을 더는 식별하지 않기 위해 내 삶에 눈을 뜨기. 그래, 그것밖에 없다. 모든 고독은 노력을 대가로 한 것이다. 눈물이라는 특별한 선물과 함께 고독을 받아들이거나 침묵과 침묵을 통한 비상으로써만 얻어지는 고독을 누리겠다.

17

너는 이미지를, 그토록 무겁게 네 삶을 흡수하곤 했던 현실의 그 유일한 이미지를 흡수한다. 넌 그것을 네 안에다 영혼의 크기에 따라 놓는다. 영혼은 빛에 깨어나고, 그 영혼의 내벽으로 삶의 정화된 것만을 보거나, 만들거나, 다시 찾아낸다. 그렇게 빛은 우리 안에 있고, 그 깊이 안에, 그 정수 안에 있다. 영혼은 만년설과 접근할 수 없는 정상을 지니고 있다. 우리 눈은 대지의 잠과 지하 태양의 중력과 돌이킬 수 없이 연결되어 있고 바로 그러할 때만 볼 수 있는 것이 있다.

매 순간 성 안으로, 네 안으로 들어가라. 네가 관여하는 행위가 허깨비 같은 행위에 불과해도 해라. 네 영혼 안에서 본질적으로 완수하는 것이 있는 법이다. 그것을 해라. 비밀 속에서 작용하는 것만이 실제이다. 네가 하는 것은 그 이미지에 불과하다. 그림자 속에 샘을 파라, 이 사실들에 샘을 파라. 여기서는 빛이 호흡으로만 포착되어야 한다.

그것은 하나의 고통이 나를 감금하는 집이다. 날은 격자창 유리 다른 편에서는 슬프다. 나와 함께 나를 그 허약함의 바닥부터 지키는 불행한 자들. 거긴 힘이 무서운 곳이다. 패배한 자들의 저택. "그가 울지 않았기 때문에 그가 사악하다고 생각했다." 하나의 목소리가 말한다. 그것은 기묘하고 낯선 추억들의 창백한 세계, 잊힌 남자처럼 그곳으로 들어간다.

삶의 아름다움이라는 것은 존재하지 않으니까 상상한다. 장음절일 때만 이해되고, 그래야 더는 잊히지 않는 식이다. 우리는 영혼이 있다. 그러하니 우리 눈앞에 보이는 물체가 그 이미지를 초월하는 것만이 아니라, 제 이름을 녹여 무한한 가능성의 원천이 되고 마는 것이다. 그러하니 너의 숙소, 너의 가구, 너의 친구들은 네 재산이며 동시에 상상 세계로 가는 열쇠이다.

혹은 이렇게 말해보자. 넌 이 가공 세계가 힘든 것이다. 현실 속에서도 이 가공 세계는 장황한 설명 따위로 여겨지니, 넌 그걸 도망치려 하고, 그러나 부딪히고, 부서진다.

네가 만지는 것은 모두 네가 그보다 선호하는 이미지들에 의해 더럽혀진다. 네 상상 속에서 너는 너를 아프게 하는 이 신기루들의 자리를 차지해야 한다. 실재는 나체여서 부서진다. 그것이 실재의 공허함이다. 이 신기루들만이 내적 광막함을 해방시킨다. 너는 너를 성장시키는 데 있어 자유롭다.

떠나기, 풍부해지기, 이 미끼들에 널 유인하지 않기. 아름다운 것은 꿈꿀 수 있음이다. 너와 함께 갇힌 네 의식은 이 눈부신 시각들로 뒤덮일 수 있다. 그들에게 그 능력을 빌려주기, 그 능력만이 널 흥미롭게 하며 너라는 사람을 위해 넌 피난처를 만들어야 하리.

아름다운 것은 네 기호에 따라 있는 것이다. 내일, 혹은 다 비워진 작가, 혹은 호기심 어린 짐승, 혹은 이 선택을 지배할 수 있는 자, 그의 삶만큼이나 그는 위대하다. 그는 자신을 작아 보이게 함으로써 경이적으로 자신의 한계에 도달한다.

삶은 파도 안의 대양처럼 각 개인 안의 전부다. 신은 우리 각자 안에 있다. 그 말은 각자가 체험한 날들의 수가 무제한의 전체를 형성한다는 것이다. 매 순간, 세계의 모든 오브제들이, 먹이처럼 현현하는 것들이 와서 우리 상상력에 위험하게 자기 모습을 비추는 것처럼 그렇게 눈부신 이 전체를 구현해야 한다. 진열창에서 훔치기 위해 유리창을 깨는 대신 그것을 구현해야 한다.

우리는 이것보다 더 부드럽고, 더 순진한 세계 속으로 들어갈 것이다. 거기선 아무리 해도 어떤 것에 닿지 못해 놀랄 것이다. 그러나 오히려 쾌락 속에서 정신적 상승을 맛보며 해소되는 것을 느낄 것이다. 의무적으로 최상의 상태를 준비해야 하는 것처럼 보일 것이다. 우리는 갑자기 어떤 것도 지배하지 않아도 흡족할 것이다.

이제, 자유 상태의 문장들이, 꺼진 라디오에서 울리는 것을 나는 듣는다. 문장들은 몽유병 현상들을 발표한다. 지난밤, 한 낯선 목소리가 "첫 번째 투시자와 두 번째 투시자"를 발표하는 것을 들으며 나는 알 수 없는 하나의 형상이 내 몸 주변을 어슬렁거리는 것을 알았다. 내 왼쪽 손바닥 아래서 내가 잡았을 남자의 큰 손이 따뜻하게 만져졌다. 아니, 내 엄지와 검지 사이에 반지를 낀 어린애 손 같은 것이 미끄러져 들어왔다. 이 어린애의 손에 입을 맞추려던 헛된 시도 후에 나는 이 손이 사라지는 것을 느꼈고, 눈을 반쯤 뜬 채 내 시선을 하얗게 칠해진 나무의 들쭉날쭉함에 고정한다. 그것은 한스 아르프의 아름다운 작품들을 닮았다. 이 예술가가 만일 다른 색을 사용했다면 무엇을 만들어냈을지 알 것 같아진다. 내 이성은, 내 정지된, 현혹된 눈이 몇몇 익숙한 물체를 아무렇게나 해석하기를 기대하였다. 그러나 무기력에서 빠져 나오면서 나는 내 방을 어둠 속에 빠뜨렸다. 내 유일한 형체만은 거기서 불침번을 서고 있었지만. 밤 같은 내 삶의 틀은 다시 만들어지고, 내 그림자가 그것을 땅에서 끄집어내듯 내 삶의 틀은 내 시선으로 알록달록하고 경이로운 물체를 침수시켰다. 그게 아직은 반짝거리나 이제는 그것을 더는 보지 못하리라.

누가 나를 침대에 혼자 두었다. 불구인 나는 거기서 꼼짝도 못한다. 한 허름한 여자가 커튼을 벌리며, 애원하는 머리를 나를 향해 밀고 온다. 내 옆에 침대 휘장처럼 늘여뜨려진 알코브 안으로 제 흉상을 들이민다. 관능적으로 온몸을 숙이고 들어오면서 점점 더 품위를 떨어뜨리는 구걸하는 목소리로 중얼거리고 헐떡이며 내 얼굴에 대고 속삭인다. "목에 벌이 있어!" 급기야 날 짓눌러 소리를 지르게 만든다. 혼자 싸우고 있던 나는 마침내 내 침대 시트 속에서 깨어난다. 정오다.

오늘 밤, 나는 눈을 뜨면서 탁자 위에 버려둔 교정지 위에 몸을 기울이고 있는 엄청나게 큰 사내를 보았다. 나는 움직이지 않았다. 나는, 누군가 위에서 나를 지켜보고 있는 아픈 아이였다. 물론 나는 그를 보지 않았지만. 그 사내의 큰 머리가 램프

위로 올라와 있어 불빛을 가렸다. 사내는 오른손 손가락들을 텍스트 위로 천천히 거닐게 했다. 마치 이것 외에는 읽는 방법을 모른다는 듯이. 나는 무섭지 않았다. 두려워하기에는 너무 늦었다. 가슴이 옥죄었다. 나는 기다렸다. 그 사내는 탐욕스러워 보였다. 아무것도 닮지 않았다. 크고 마르다. 거무스름하다. 내 텍스트에 손을 기대야 서 있을 수 있는 것처럼 그는 그렇게 서 있었다. 그는 나를 보지 않았다. 그러나 내가 자기를 보라고 그는 거기 있었다. "머저리!" 나는 이빨 속에서 이 말을 씹었다. "난 너에게 그것을 말하게 하지 않을 거야." 한 목소리가 분명하게 대답했다. "그는 그냥 이 세상의 한 사람일 뿐이야." 동시에 방문객은 감동한 듯했고, 나는 그의 키가 주변 물체들 속에 잠긴 것을 보았다. 그는 흉상과 다리만 있었다. 하나는 내 시선 높이에, 또 하나는 아주 어두운 세계 속에. 거기서 이미 아주 익숙해 보이는 환영이 만들어지고 있었다.

18

나는 꿈의 주권적 고독을 더 참을 수 있고 더 사랑할 수 있게 되었다. 내 자유도 이 고독이 끝남과 동시에 끝날 것이라는 것을 깨달으면서 나는 깨어나는 순간 날 가두고 있는 불안을 내 온 감각으로 탐험했다. 불안은 근원적 두려움의 형태를 갖고 있다는 것을 나는 알았다. 불안은 이 공포 자체였다. 스스로 가라앉기 위해 나 같은 형태를 띠게 된 것이었다. 그 후, 나는, 최선을 다해, 이 본능적 공포를 분석했다. 떠나버린 꿈의 어떤 막막함이 이 공포 위에 있었다. 그래서 그것이 나를 상처 주고, 나를 고통스럽게 한다. 반면, 나는 날의 비참한 의무에 나를 종속시키는 것이다. 우리가 상실한 모든 공간에 대해 구역질을 일으킬 정도로 우리를 파고드는 전형적 불안이 우리 안에 자리 잡는다. 그 안에 아직 자유의 느낌은 있다. 그러나 자유는 곧 우리에게서 떨어져 나갔다가 다시 우리들의 환영의 먹이로 다가온다. 음산한 빛은 최초의 생각을 비춘다. 그래서 우리의 신념을 흔들리게 만든다. 자유에 진력이 난 피조물은 볼썽사나운 안심의 평탄대로를 걷고, 최초의 생각은 기능을 멈춘다. 그건 자신과 싸워 실행해야 하는 두려움 속에서 형성된 것 아니었나.

나는 알고 말았다, 불현듯 어느 날. 깨어남이 진짜 추락이라는 것을. 그러나 무감각한 추락이다. 왜냐하면 영혼과 의식은 거기 같은 쇠락 속에 함께 끌려 가 있으므로. 더 낮게 떨어지지 않도록 함께 부유하고, 각성된 삶이라는 공동의 구멍에, 지하 감옥에 우리들의 모든 열망을 하나로 모은다. 나는 이해했다. 내 의식적 시선이 나를 지하 감옥에 가두고 있다는 것을. 빛은 비스듬하게 들어와서 떨어진다. 마치 나선처럼, 사슬처럼 이어진 사실들처럼. 공간이 나를 구제하지 못하면, 내 나쁜 점을 해결해주지 못하면 그 어떤 것도 나와 조화롭지 못하다.

한때, 나는 자기 위해 몸을 길게 뻗었다. 그러면 내 얼굴이 긴 베개 속에 묻혔다. 마치 내 눈이 스르르 감기기 전 모든 것으로부터 고개를 돌리듯이. 돌처럼 나는 내가 추락이라 여기는 잠에 덥석 물리었다. 어느 날, 나는 거만한 얼굴로 이 세계 속으로, 즉 사람들이 상상적이라고 말하는 세계 속으로 들어가려고 애썼다. 몸의 태도는 생각의 방향을 결정하고 지휘하거나 혹은 상상력과 기억의 도움을 배제한다는 것을 나는 의심해왔고 의심하고 있다. 무의식의 작용들에 저항해야 한다는 것을 안다. 긴장의 몸짓으로 그것들에 저항하면서 또 그것들을 자극한다. 나는 기다리는 잠에 휴식의 형상을 주는 것을 그만두었다. 나를 이 잠에 매복시키고, 내 책들 한가운데 앉는다. 그게 벌써 나를 무겁게 하기 시작하고, 나를 거기 되던지는 대신 내 작업 의자에서 그것을 기다린다.

이 첫 번째 경험은 나에게 기대하지 않은 결과를 가져다주었다. 전에 우연히 느꼈던 인상들은 내 감각적 일상에 더 깊이 새겨졌다. 그리고 나에게 더 많은 행복감을 남겼다. 그것을 받아들이는 데 필요한 마음 씀씀이들은 나에게 그것들을 훨씬 자연스럽게 나타나게 했다.

사건은 하나의 고통에 의해 예고된다. 고통은 스스로 명확해지며 나를 일깨운다. 내 의식은 곧장 고통에 형태를 부여하고 그 아래다 새로운 꿈을 집어넣는다. 흉곽의 이쪽 편과 저쪽 편, 두 상상의 손바닥이 온 힘으로 다른 꿈속에서처럼 나를 옥죄었다. 내 입은 벌어져 소리를 냈고, 그것을 발설하지 않기 위해 유사한 환영들로 가득 찬 추억이 필요했다. 이미 구성된 내 이성 안에서 세계는 그 환영들 뒤에서 열린다는 확신. 나는 호흡했다. 나는 내 방을 보며 눈을 떴다. 고통을 참아내는 힘, 그 힘이 지속되는 것을, 내 무기력 속에서 식물처럼 서서히 성장하고, 형태가 생겨가는 것을 느꼈다. 내 베개와 내 어깨 사이에 더 많은 힘이 들어간다. 살아 있는 덩어리 같은 게 힘겹게 들어온다. 그러자 나를 둘러싸고 있는 것이 변하기 시작한다. 무엇인가 닿은 듯해 몸을 약간 돌리는데 엄청난 집중력이 생기면서 강력하게 싸울 것을 내게 조언하는 것 같다. 우리 집이 다 변하고 커지는 것 같고 입을 다무는 것도 같다. 내 위에 고독을 세운다. 고독, 공간에서 성장한 침묵은 장엄을, 아니 양떼 같은 바다의 파도를 몰고 온다. 내 입술 위에 온 한 단어는 비가시적인 것에, 아무것도 아닌 것에 갑자기 열리는 이 건물의 환영과 함께 나를 매혹하기에 이른다. 이 단어, 그것은 부재이다.

내 눈은 굴뚝 위의 조각들을 알아본다. 에른스트의 그림과 포트리에의 그림이 내 앞에 있다. 내 작은 전등 속 발그스레한 빛이 참으로 드물게 밝았다. 내 팔은 천천히 침대 시트 위로 이동한다. 상처로 으깨진 내 다리와 경색된 내 눈을 제외하고는 다시 자유로워지고 평소보다 더 까맣고 미지근한 공기에 훨씬 더 민감해진 내 사지는 내 자세를 알아보고 훨씬 편하게 만들어준다.

겨우 들어 올린 눈꺼풀, 내 동공은 바라볼 물체들을 설정하고, 내 의식을 각성의 방향으로 이끌 빛줄기를 받아들인다. 빛줄기는 내 의식을 깨어나게 하나 내 사지가 여전히 젖어 있는 꿈에서 내 의식을 전적으로 빼내가지는 않는다. 내 왼쪽에, 그러니까 내 시야 바깥, 꺼진 라디오에서 말들이 나오는데, 완전히 받아들여지진 않지만 무엇인가 들린다. 왜냐하면 꿈과 함께 나에게 제시된 의심에 구체적인 형태를 제시하기 때문이다. 꼼짝 못하는 내 다리를 흔들어대는 이 물리적 편암함 속에서 갑자기 질투가, 갈망이 인다. 나는 내 병든 살에서 이미 떨어져 나온, 비상용 몸 같은 엉덩이 양쪽을 손으로 탐사하며 동시에 들어일으켰다. 드디어 의식이 들었다. 호기심으로 나는 내 장딴지를 만져보았다. 통통하고 힘줄도 살아 있는 것을 보고 나는 안심했다. 침대에 내내 누워 있는 동안 넓적다리는 너무 말랐는데, 이건 전혀 다르다. 발가락은 유연하고, 네 번째 발가락 밑에는 작은 상처가 있다. 공기는 내 주변에서 점점 두터워지더니 비밀리에 다시 통합된다. 내 왼손으로, 나는 내 침대 시트 위에 신중히, 두려운 듯 앞으로 나아가는 한 손을 잡는다. 아니, 그러는 것처럼 보인다. 그러나 이 모든 것은 너무나 예견된

146

것이다. 붙잡힌 손은 너무 내 손 형태다. 갑자기, 거의 고통스러운 불편함이 베개에 닿아 있는 내 어깨를 아프게 한다. 군용 배낭이 내 견갑골과 그것을 받치고 있는 쿠션 사이에 억지로 들어가 있는 것 같다. 내가 마치 죽은 날개 위에 누워 있는 양 내 무게로 척수 뿌리까지 아프다. 내 손이 너무나 격하게 움직여 내 눈이 움직였고, 나는 그 유동성을 되찾으며 정신이 들어왔다.

먹어지지 않는 작은 파란 사과에 대해 다들 들어본 적이 있다. 다들 다리 아래서 살았나? 밤은 궁륭 아래 깊어지고, 우리들 가운데 가장 큰 자가 손으로 궁륭을 만진다. 나는 검은 강물 위를 가리킨다. 사과들이 굴러, 죽은 물이 빙글빙글 도는 곳까지 내려온다. 젊은 처녀들은 사과들을 주우려고 몸을 숙인다. 지평선에는 비바람에 유선형이 된 마른 나무들이 늘어서 있다. 물 옆에 서 있는 한 선원이 오한이 든 듯 몸을 떨며 소녀들이 선택할 사과들을 가리켰다. 가장 높은 나무에서 떨어진 과일들은 이제 검은 물과 함께 이 벌거벗은 나무들의 완벽한 이미지 위로 굴러갔다.

제3부

하얀 제비

I

나는 사물과 사실들을 내 펜대가 그것들을 보듯 보고 싶다. 내가 내 눈을 그 펜대에 빌려준다면 가능할 것처럼 말이다. 장 뒤뷔페가 그린 그림처럼 쓰고 싶다.

나는 괜히 구비하려 시도한 만년필을 서투르게 조작한다. 그의 손 뒤에서 한 남자가 비웃고 있다. 자기 형체를 감추고. 나는 피스톤 조작에 전념한다. 위험하고 푸른, 알코올이 함유된 불길 따위에 휩싸여야 잉크를 빨아들이는 피스톤. 유리병이 녹는 것을 보면서도 기구의 기능을 상실했음을 나는 인정하지 않는다. 결국 머리를 들어야 했다. 문방구 주인은 그에게서 여러 굵은 펜들을 압수하겠다고 주장하는 무시무시한 조사관과 언쟁한다. 조사관은 그 펜들은 파는 게 아니라고 주장한 자신의 논박을 버린다. 즉시 나는 그 상인이 아름다운 보랏빛 펜대를 내게 파는 것을 거부했음을, 그리고 이 귀여운 물건을 증정받은 주교에 대해 질투를 내비쳤음을 증언한다. 그러나 미라와 유사한, 나를 공포에 떨게 만드는 이 권위적 조사관은 경찰에 복종하고 경찰을 따라야 한다. 나는 나를 떠나지 않은 이 책과 내가 내 도구들을 닦을 때 써서 더러워진 물병 하나를 경찰에게 제출할 것이다.

이 책은《우파니샤드》영어판이다. 누가 서문을 뜯어갔는지 훼손으로 이 작품은 못 쓰게 되었다. 조사관은 자비로움과 공평성으로 내 외침과 눈물을 받아주었다.

취침의 시각, 플러그를 뽑은 내 손 밑에서 푸른 불똥이 튀었다. 불똥은 잠시 침묵의 위협 속에 고통스러운 생을 살았다. 난로가 신기하게 다시 작동하면서 내 방에 안심이 되는 소리를 쳐댈 때까지, 그 푸른 불똥은 접시꽃 섬광을 흩뿌렸다. 이어 바람이 왔다. 유리창에 던져진 낙엽의 기적, 내일의 빛이 하늘로부터 올 것이라는 희망.

비가 내렸다. 나는 바람 소리를 들었다. 아주 멀리서, 구름 저 너머에서. 내가 있는 방 안으로 빛 한 줄기가 들어왔다. 빛은 나무들 밑을 걸어왔을 것이다. 나는 아프다. 아니 달리 말하면, 내 그 최초의 충격에 대한 추억이 없으면 나는 아프다. 그 충격 때문에 아마도 내 삶은 꿈속 같은 데, 느리고 행복한 게으름 같은 데 있을 수 없었을 것이다.

의무감 없이 살기. 세상에서 가장 아름다운 그림들 속에서 내 마음대로 깨고 자기. 모든 것을 다 줄 수 있는, 내 추억마저 다 줄 수 있는 자유. 갑자기 이 흥취의 꿈과 내 삶 사이에서 나는 이 존재자의 소스라치는 현존감을 느꼈다. 지금까지 꿈과 내 삶을 하나 되지 못하게 만들었던 그 존재자는 자기 폐허를 드러내며 결국 사라졌다. 나는 하마터면 소리를 지를 뻔했다. "우리는 도대체 무엇의 포로인가? 매번 습관처럼 짜는 헛된 상상력을 위해서만 존재하는 우리는."

나는 꿈속에 있는 듯하다. 스치는 인상들이 깊이로 느껴진다. 인상들이 피상적 원인으로부터 해방된다. 내가 꿈에서 보는 것은 삶의 형상화가 아니라 삶의 구체적 맛보기이다.

세계가 초라해 보이는 것은 우리 직관의 불완전함 때문이다. 우리 주의력의 약함 때문이다. 실제 사실들을 보는 우리 시야는 안개 낀 듯 모호하다. 자동차 전조등으로 밤을 보는 것과 유사하다. 자동차 운전자는 그렇게 시야가 불완전한데도 얼핏 본 신호들을 끊임없이 해석하고 환언한다. 밤에 길이 잘 보일 때는 보고 있는 것에서 빠져 나왔을 때다.

그렇게 눈이 멀었는데 인간은 자신의 상상력에 대고 세계를 자신에게 열라 주문한다. 그가 어렴풋이 본 것의 불충분함을 상쇄하려고 말이다. 자동차 부가티를 달리며 연속적으로 보이는 지평선에 흥분한 운전자는 오히려 목표점을 찍는 것을 의식한다. 차의 질주에 휙휙 지나가는 나무들의 돌풍을 즐기기보다 목표점을 찍는 것을 상상한다.

모든 사실들을 하나하나 성찰하는 삶에 적응된 사고는 합계를 내는 일 따위는 스스로 금한다. 우리는 하나의 사실 속에서 사실을 볼 뿐이다. 우리는 죽음에 이르게 될 삶의 일화를 거기서 해독하는 일을 금한다.

우리의 사고는 우리 삶의 사고이기를 원치 않는다. 우리는 사물들이 스쳐가는 것을 본다. 사물들이 우리가 죽어가는 것을 본다는 사실을 잊기 위해서.

나체에는 성(性)이 없다. 눈물도 없다. 차이 나는 몸들을 지나지 않고 바로 생에 소속된 것, 그런 영혼, 바로 그런 것이 투명성이다.

우리가 이해하는 진실은 우리가 이끌린 진실일 뿐이다. 그 이미지일 뿐이다.

2

붉은 혹은 발그레한 혹은 푸른색 속에서 꽃들은 가벼운 깊이를 피운다. 빛이 반쯤 벗겨져 들어온다.

계절들에 의해 땅은 경작되고 잎과 물의 생에서 땅은 뒤집힌다. 땅은 그 표면에 무지개색들을 피워낸다.

더 높은 데서 직하하는 태양에 의해 후려쳐진 땅은 마른 핏빛 나무와 탄소 덩어리 꽃들로 끔찍하게 덮여 있다.

그는 식물들 표면에 튀는 태양 원소들 사이를 헤엄친다. 쉽게 경작될 수 있는 땅보다 더 깊게 그의 몸은 기름지고 광석처럼 단단하다. 그림자가 어둠의 여명인 이 세계에서 깊이 없는 밤이 우리 안에 깃든다. 밀들을 황금빛으로 만드는 태양은 똥색의 네 피부 위에서 밤을 거품 나게 한다.

대지 위는 밤이 아니다. 어둠은 어슬렁거리고 암흑의 주변을 배회한다. 나는 너무나 절대적인 어둠을 안다. 거기서 모든 형태는 희미한 빛을 살랑거린다. 그리고 예감이 되고, 아마도 어떤 시선의 여명이 된다.

이런 어둠은 우리 안에 있다. 폭식하는 어둠이 우리 안에 기거한다. 북극의 추위가 가까이 와 있다. 숨쉬기 힘든 이 악취 나는 방의 지옥보다 더 가까이 와 있다. 어떤 측량기도 이 밀도는 재지 못할 것이다. 왜냐하면 내 형상은 공간 안에 있고, 내 내장은 또 다른 데 있기 때문이다. 나는 그것을 모른다. 왜냐하면 내 목소리도 아니고, 보는 것도 아니고, 듣는 것도 아닌 내 눈은 또 다른 데 있기 때문이다.

네 얼굴에서 유배된 네 시선에 날이 밝는다.
네 주변을 둘러싼 네 눈을 찾지 마라.
그러나 또 다른 공간 위에 있는 이중의 거울.
가장 높이 있는 별은 네 목소리 안에서 꺼진다.

밀물에 밀려 은빛이 되는 몸 위에서
태양은 얼룩 하나 없는 극지의 망각을 익힌다.
네 긴 눈썹에 꺼진 별이 젖는다.
태양은 밀 뿌리들에서 물을 빼내 무지개를 만든다.

그 향기, 네 분홍 옆구리 밑에 감돌고 있는데,
널 보지는 않아도 떠 있는 네 눈 속에서 그 향기 지닌 태양이 채취된다.
그 비단 날개, 닫힌 네 밤에서 둥글게 접힌다.
대지, 밤은 한 저녁의 작품에 불과하다.

그림자는 방부 처리 향내 가득한 부재를 실어 나르는 자를 숨겨준다.
그림자는 네 손 위에서 너의 눈이었던 태양을 잃어버린다.

백합 속에 다 연소된 하얀색처럼
저녁들의 심연, 그 저녁들에는 너무 큰 하늘.

내 안은 어둡다. 그러나 태양을 거기 가라앉힐 만큼 무거운
어둠은 아니다. 그러니까 이 밤이 오늘의 내 눈을 만들었다고
나 할까. 내 눈들이 보는 것으로 나를 닫는다. 내 깊이로만 내가
보게 되는 것, 그 푸르른 색들. 내 피를 내게 밝혀주는 붉은색,
내 심장을 보는 검은색.
하늘의 밤, 부화된 가난한 그림자, 너는 내 눈썹에만은 밤이
다.

이 눈썹 꽃다발을 만든 부스러기 재.
그리고 이 재, 이 지워진 세계,
잠자는 자의 주먹이 온 대지를 들고 있다.
그 대지에선 사랑도 밤도 결코 아무것도 시작하지 않았는데.

나는 겨우 움직인다. 내 눈은 내가 다시 보는 내 방으로 슬프
게 향해 있다. 내 팔뚝 앞에서 호기에 찬 내 왼손은 위험을 무릅
쓰고 어린 처녀 아이의 매우 가는 손을 잡고 어루만지더니 흠칫
놀란다. 그리 멀지 않은 밤, 비밀의 망토 아래 미소의 시간, 엇
비슷한 사실들이 나를 공포로 뒤흔든다. 그들의 담대함 앞에서
도 그렇게 차분한 나를 발견하며 느끼는 자부와 신뢰. 나는 약
간 짧은, 그러나 매우 매력적이고 매우 부드러운 팔을 애무한

다. 모든 피부가 입술인 듯 지극히 민감해져 내 얼굴은 생기를 띤다. 아주 젊은 처녀의 뺨이 내 뺨을 어루만지고 내 키스에 몸을 기울인다. 나는 그녀의 뺨을 짐작하고, 그녀의 뺨을 본다. 뺨들은 도톰하고 거의, 지나치게, 포동하다. 그러나 그 매력을 전혀 잃지 않았다. 인형에 달린 머리 같은, 사기 같은 두상. 우리가 포옹하는 긴 순간, 이 짧고 가녀린 손의 어린 여자는 그토록 순수한데 거의 나체인 것에 깜짝 놀란다. 그녀를 꽉 껴안으며 지극한 행복을 느낀다. 내 왼편에서 흘러나오는 남성적인 큰 소리가 분명히 들리는데, 나는 내 팔 위에 막 올라와 있는 남자의 팔을 거의 느끼지 못한다.

3

내 삶이 비상하기를. 나의 바깥에서, 물리적 중력으로부터 해방된 의식 속에서 그 비상을 움켜잡기를.

나는 쓰기를 배운다. 빛은 날 건드리는 것의 표면에서 춤을 춘다. 마치 물결 표면에서 너울대는 햇살처럼. 내가 보는 사물들은 아롱거리고 나와 교환하는 시선이 있어야만 내게 나타난다. 마치 내가 눈을 뜨면 사물들 사이로 햇빛이 비치면서 그 사물들이 구분되어 보이는 것처럼. 시선은 내 안의 관조의 산물이지만 그것은 현상에 의한 것이라고, 즉 내가 보는 것은 이미지에 불과하다고 나는 쓴 적이 있다. 우리는 우리 눈앞에 나타난 현실이 우리 안에서 생긴 섬광이기를 원한다. 하여 스스로 현실을 계시하기를, 우리는 우리 바깥에만 있기를 원한다. 저녁이다. 내 유리창은 열려 있고, 나는 더 이상 너무 생생한 빛을 원하지 않는다. 도달해야 할, 조절해야 할 빛의 강도라는 게 있다. 제비를 닮은 무심한 너울의 움직임이 햇살의 긴 물결을 소생시키더니 생 위로 불쑥 그것을 쳐들어 올리는 듯하다. 시간의 폭을 빛의 깊이에 합하며 내 바깥에 한 단위체로 내 삶 하나를 창조한다. 이러한 삶에 합일되는 것은 오로지 녹아 흐물어질 만큼의 완벽한 일치성이다. 마침내, 마침내, 내 존재에게 나는 물, 바람, 순결한 태양 같은 별들을 되돌려주고 말 것이다.

마침내, 나는 돌덩어리 같은 별들을 부수어버리고 말 것이다.

나의 바깥에 한 단위체로 한 사실들을 창조한다. 내 삶이 내 바깥의 이 또 다른 단위체 삶과 완벽히 일치하고 합일된 때야말로 드넓은 바다에서 빛이 반사되듯 나는 내 바로 위에서 어떤 신선함을 느낀다. 창문을 열어요. 내가 내 이마와 부딪힌다. 나라는 덩어리가 내 가슴과 부딪히며 파도의 박동처럼 숨을 쉰다.

우리의 날은 하나의 생각 속에 싸여 있어야 한다. 나는 또 다른 사실들이 내가 아는 사실들과 서로 부딪히며 나는 소리를 듣는다. 중력으로 땅에서 생기는 무게가 그 사실들에도 주어진다. 삶에 가벼움을 주기를. 우리는 주었다가도 가져간다. 왜 모든 것에 무게를 주어 멈추게 만드는가. 우리는 태어나는 것을 환대한다. 우리는 죽어야만 한다. 그래야 태어나니까.

또 다른 삶이 시작되었다. 가지들을 건드는 안개 속 나뭇잎 끝처럼. 차 한 대가 지나가며 창문을 흔들어대면 보이는 물체들이 황금빛으로 변한다. 공기 속은 아득하고 먼지 송이 하나가 바람에 떨어진다. 우리가 접하고 있는 이 모든 것은 기운 하나 없이 있는 것 같으나 뭔가에 집중하고 있다.

우리는 단 하나의 같은 빛으로 형성되어 있고, 또 그 빛으로 포위되어 있다. 우리는 그 빛으로 무한한 격조를 구현한다. 모든 별은 늘 지평선에서 떠돈다. 결코 거기 다가가지 못한다. 거기 산다 해도. 떠나면서 닿아가는 것이다. 우리의 말 속에서도 생각이 우리 자리를 차지하고 있고 우리 몸을 누르고 있지만.

우리는 자신 안에 있는 심연을 다시 열지 않고는 또 다른 자신을 만날 수 없는 그런 개체다. 인간은 자기가 사랑하는 피조물에 접근한다. 자기가 혹은 그 사랑하는 피조물이 없어도 이것은 가능하다. 다 환각 속에서이므로. 전에 내가 거리에 의해 기진맥진해진 것을 느꼈던 적이 있는데, 내 시선이 내게 왔다는 것이 이런 것인가?

만일 상상력이 의심할 수 없는 자원을 가지고 있다면 자기 자신을 탐사하는 데 그것을 이용해야 한다. 결코 더 이상 임의대로 뜨거운 다리미와 반투명 셀룰로이드 칼라를 가까이 놓지 말라. 매우 무모하고 위험에 찬 상관성 도식에서는 전혀 근거가 없다고 볼 수 있는 연관성이 하나도 없다. 이 말은 한 인간의 상상력이 자기 존재의 내적 개념을 결코 고갈시키지 않는다는 것을 가르쳐주지 않나?

삶이 결실을 낳도록 돕는다는 것은 진실이다. 얼어붙은 바람처럼 삶이 결실들 위로 지나간다. 그건 다른 진실들이다. 삶을 보면 하늘의 엄정함을 알 수 있다. 생이 피운 순수한 꽃을 겨울이 오기도 전에 피운다. 얼마나 사로잡힌 확신인가? 그러니 나는 이렇게 말하지 않을 수 없다. "더는 거절당하지 않기 위해 진실들은 다시 태어나야 한다." 이미 그것들은 현실과 부딪혔다. 삶은 이 삶이 되도록 만들어지지 않았다. 절망, 고통, 희망, 우리 존재의 계시인 모든 감정에 이 투명한 생각이 있다.

아마도 사물들은, 현실 아닌 존재로, 인간을 통해, 즉 한 신에 대한 외적 관조로 나와 하나가 되어 부각될 것이다.

존재로부터 유배되어 있으나, 너는 감각을 지니고 있으므로, 들어찬 내용물이 되기를 원하는 것이다.

다행히도, 네가 네 존재에 대해 가진 감정은 사랑과 혼동되지 않는다. 이 존재가 네 안에 있다. 이런 불안은 네 안에서 너의 탄생이라는 드라마를 끊임없이 재생시킬 것이다.

그 모든 행위 중에 이 태어나다, 라는 극적 사건에 네 감정이 반응한다는 것을 깨달으면 너무 행복하지 않나?

이 극적 사건이 네가 살아낸 모든 삶의 사실들 속에서 너라는 사람보다 앞선다.

단말마로 나온 것처럼, 어렵사리 태어난 너는 몽롱한 환각 상태에서만 그 사실들을 켜켜이 느낄 수 있을 것이다. 그러면서 천천히 너를 마법에서 풀어지게 할 것이다.

너는 죽는다. 왜냐하면 네 삶 속에 이미 너무 많은 것이 들어차 있어 네 스스로가 죽음이어야 하기 때문이다.

내 죽음은 죽음이 아니다. 그것은 내가 겪은, 그러나 내가 사랑하지 않은 모든 것의 죽음이다. 그런 것들의 죽음이 아니었다면 나는 죽음을 몰랐을 수도 있다.

성당을 닮은 이 높은 곳에 있는 나를 보라. 관계자들이 연단 위 긴 탁자에 앉아 있다. 한 젊은 화가는 나를 되찾고 싶어 했다. 그는 슬프게 나에게 공식적 작별을 준비시킨다. 그는 방금 그의 손으로 그림 하나를 나에게 제시하면서 말을 걸었다.

우리는 감동했다. 울 준비가 되어 있다. 한편 그는 내 목에 새가 그려진 가죽 목걸이를 걸어준다. 내가 말을 해야 하는가? 말을 할 수 있는가? 나에게 묻는다.

누가 나를 이동시켰다. 살롱들을 지나 내 안락의자 위에서 균형을 잡는데 자꾸 넘어지려 한다. 나는 다시 몸을 뒤집는다. 그리고 내가 자리 잡은 높은 곳에서 교회의 노란 천장을, 아니 그보다 더 높은 곳을 주시한다. 세계의 모든 지붕보다 더 높은 천장과, 팔을 뻗으면 닿을 것 같은, 십자가에 못박힌 자의 거대한 얼굴을 그렇게 가까이 보며 적잖이 놀란다. 나는 내 기쁨을 크리야에게 말한다. 크리야는 주의 깊게 내 말을 듣는다. 이어 내가 느낀 인상을 문양 기호로 번역해야 한다는 것을 암시한다. 그리기 매우 힘들어도 크리야는 그걸 내게 가르쳐줄 것이다.

종이 위에, 잉크로, 크리야는 수직으로 길게 내리뻗은 암호문을 그린다. 거기에 거미의 두 발이 버티고 있다. K는 그것을 가만히 본다. 이 기호는 위험을 환기하나 그 위험에서 승리해야 유일한 행복을 얻을 수 있다는 것이다. 이런 논증을 계속해나가면서 이건 또 다른 측면에서는 어떤 뜻밖의 좌절을 의미한다고도 한다. 그녀가 또 한 사내를 빠르게 그린다. 이 사내는 스캔들의 주인공인 두 연인에게 경고하러 달려오는 중이다. 그녀는 또 뭐 하나를 그리려 한다. 그러나 이미 늦었다. 내 깨어남이 임박해 있다. 그 전조처럼 간호사가 내게 내민 찻잔 속에 거대한 설탕 조각을 빠뜨린다. 설탕 조각이 물 위를 둥둥 떠다닌다. 황금빛 뜨거운 액체가 그 조각을 다 마셔대지는 않을 것이다, 내가 눈을 떴을 때에는.

4

세계는 세계 속에서보다 내 속에서 더 크다. 그러나 나는 내 가슴속에서 펼쳐지는 현실로부터 몰려나왔다. 나는 내게 나타나기 위해 축소된 우주의 한 부분이다.

그런 것이 나의 자유다. 나는 거기 기꺼이 난파한다. 만일 육체가 영혼의 먹이가 아니라면 그것은 영혼의 감옥이며, 죽음이다.

나는 피조물이 우리를 위해 무엇이 될 것인지 감추고 있는 곳들에서 도망치고 싶었다. 내가 잡았던 모든 것을 다 부수어버릴 만큼 꼭 껴안고 싶었다. 내 시선의 바닥까지 만지고 싶었다. 내가 보는 것 속에서 내 눈을 만지고 싶었다. 내가 듣던 것 속에서 내 귀를 만지고 싶었다. 보는 것과 듣는 것을 잊게 하는 육체.

그리고 마침내 어떻게 하면 나밖에 알아보지 못하는 세계를 보상할 수 있는지 알아낸다. 내가 나를 더 이상 알아보지 못할 때 그 존재는 내 의식이었다.

블랑슈 아베유가 내 생일 때 준 장미들을 만진다. 장미들을 살피기 위해 기계적으로 그 꽃잎들을 뜯는다. 나는 내 삶을 결코 지금의 나가 아니라 앞으로의 나와 공유한다. 내 시선에, 내 모든 감각에 매수된 나는 격리와 부재로 인하여 생긴 지극히 작은 차원 속에 처박힌다. 이 축소로, 이 고정된 부동성으로 몹시 불안하다. 인간은 마치 추운 듯 세계의 모든 것에 가능한 가깝게 붙어서 산다. 인간은 사물들을 향해 갈 것이다. 그러나 사실들은 두려워한다. 특히 불행들을 마치 불행이 그를 알아보면 어쩌나 하고. 그리고 불행이 가져다준 슬픔에 도취된다. 불행을 보지 않기 위해서, 불행을 명명하지 않기 위해서. 눈물은 불행에서 온 것이 아니다. 고통은 인간의 눈을 강화한다. 이제 그 눈은 그의 어린 형제가 되어버렸다.

너는 그림자처럼 약했으니 너에 비해, 네 삶에 비해 더 강한 것을 창조하라, 그리고 그것을 써라. 그건 정말 있을 수 없을 만큼 아름답고 순수해서 그걸 알고 나면 속으로 "이것이 그것이라면, 나는 그것이 아니야"라고 말할 것 같은 거다. 그러니까 공기 같고, 가볍고, 허깨비 같은데, 너보다 더 실재하는 것이니 그것을 몽상하라.

너는 목소리다. 너는 목소리라는 물체이다. 아예 그리 되면서 말과 사실의 거대한 융합을 얻으라.

단어들이 우리에게 약속했던 삶은 손상되지 않으면 그 단어들과 대체되지 않는다. 언어는 의식 안에 있는 내용물이 아니다. 언어가 의식을 포함한다.

이런 신념은 장르를 다시 보게 만든다. 그리고 시의 전복을 포고한다. 언어의 경험은 다른 모든 것들을 감금한다. 사물들의 세계 속으로 가장 멀리 그를 이끌었을 것은 역시 잠의 대작가일 것이다. 프랑시스 퐁주, 아마 그일 것이다.

한 여인에게 "나는 너를 내 품에 안을 테야"라고 쓰고 나면 내가 알게 되는 것은 이젠 그녀의 환영이다. 그녀에게 다가가기 위해 내가 나를 환영으로 만드는 것을 모르지 않는다면 말이다.

한 작가의 스타일이란 그의 육감(六感)이다.

5

나는 그늘 속에서 내 우편물을 연다. 필체를 알아보기에는 내 위로 쏟아지는 빛이 충분치 않다. 내가 통지서 위에서 이 어린 아이의 이름을 읽을 수 있었던 건, 이름만 남기고 간 자들을 위한 특별 돋움체로 정성스레 쓰여 있었기 때문이다.

대(大)태양의 이 금요일은 내가 배운 죽음에 의해 살해되었다. 날은 그 신선함을 잃었다. 그러나 이 죽음은 자기 뒤에 이미 날아갈 준비가 된 긴 그림자를 드리우고 있다.

"넌 네 아이의 죽음으로 우는구나." 나는 기쁨 속에서 자랐는데 왜 고통 속에서 늙어가야 하나? 너는 말한다. "따라서 너로선 이 존재에서 기쁨을 느끼는 것만이 관건인 거야. 언젠가 이 존재를 포기해야 하니 말이야."

"오히려 태어나지 않는 편이 나았겠지? 날들을 살며 힘들어하는 나를 보느니, 날들이 내게서 곧 떨어져 나간다는 경고를 듣느니." "네 삶이 너보다 더 사실적이지. 삶을 충분히 이해하게 되었을 때, 삶을 납득하게 되었을 때, 그래서 네 의식이 삶과 구분되지 않게 되었을 때. 그런 삶의 너를 거부하지 마. 그럼 지는 거야. 그냥 불행한 인간이 되어버려, 완벽하게, 빛나게 네 불행을 구현해버려."

"투시력을 가지고 태어난 너는 이렇게 말하겠지. 사실들은

167

나와 공조해. 사실들은 나를 도와 나에게 접근하게 하지. 내 시
련 속에서 나를 안다는 것은 곧 내 삶 속으로 들어가는 거지. 내
가 왕관을 쓸 만한 자가 되려면 먼저 왕관을 쓴 거인과 싸우기
를 희망했어야지."

"너에게 적합한 것을 넌 희망했던 거야. 네 아이는 네 무지의
맹세로 죽었어. 그 대가를 치르고 이루어진 거야. 네 존재를 파
악하는 네 방식으로 그는 죽은 거야. 우린 불행 앞에서 연약하
지만 늘 새 잎 같아. 불행이 어두운 가슴 저 밑바닥에 있었지만
바로 거기서부터 우리의 미래가 생긴 거야. 처음에는 감추고
있었지만 말이야. 모든 피조물은 알지 못하는 더 먼 곳을 원해.
피조물의 말들은, 자기 말이 들리지 않아도, 자기가 사랑하는
형상을 띠지. 세상에서 가장 아름다운 눈으로 영원의 시간들을
바라보지. 어떤 순교도 의심하지 않고. 그 말들은 무서운 가르
침이야."

"울어, 제발, 네 좌절은 영혼의 일용할 양식. 네 그 어둡고 끔
찍한 영혼은 네 의지를 지탱하고, 네 쇠약을 그 여린 별들에 걸
어두지. 네 감각을 믿어. 부수어진 너를 도달해야 할 한 정상으
로 데려간 어두운 우회 덕에 일종의 환희가 솟아날 거야. 가장
쓰디쓴 고통 속에서 넌 이미 네 힘의 의식이야. 의식이 너를 가
지고 만들어낼 것을 너는 예감하지. 취기 속에서 넌 네가 부인
했던 충만함을 조금씩 맛보지. 세상에 오려고, 충만함을 열망
하려고."

채무, 병, 부고, 모든 사람들에게 있는 같은 채무, 같은 부고.

네가 지불할 차례야, 네가 그들의 눈물을 울어줄 차례야. 넌 고통 속으로 들어간다. 그걸 네 것으로 만들려고 노력해.

수확물 위에 우박이 내린다. 네 수확물도 예외가 아니었다. 넌 그게 너에게만 도달해야 한다고 부르짖는구나. 마치 살아 있는 너를 알기 위해 기다리고 기다려 야생귀리를 재배하는 것처럼. 네가 태양을 보았다면 네가 체결할 수밖에 없었던 차용 관계 속에서 그걸 보았을 수 있다, 아주 예외적으로 말이야. 넌 네 열기로 태어났다. 너의 폐허가 널 태어나게 하지 않았나? 너의 이름을 불행 위에 새기지 말라. 그 불행은 너를 알아보는 눈 따위는 가지지 않은 불행이야. 같은 발걸음으로 모든 사람의 삶을 지나가는 불행, 죽은 별들의 주행에나 매달려 있는 불행, 마음 따위에는 무심한 불행일 뿐이야.

매번 같은 신음, 바다처럼 늙은 신음. 덜거덕거리는 난관을 통과해 한 해에서 다른 한 해로 겨우 넘어간다. 우리를 더 강하게 만들거나, 우리를 격려하거나, 우리를 부순다. 우리는 한 걸음씩 밟아간다. 우리 부모들이 우리에 앞서 지나갔던 모래와 소금의 사막을 통과해 우리도 앞으로 나아간다. 그러나 그렇게 우리를 이끌었던 것의 형태는 간직하려고 하지 않는다. 한 친구가 없어져도, 이런 사건들은 네 발 아래서 줄어들어 너보다 앞서 그것을 겪었던 사람들의 재 위로 올라간다. 네 인생을 이런 사건들에 바친다는 것은 너라는 아집을 포기하고, 있지 않은, 그래도 있다고 믿는 물질 속에, 생이라고 자신을 주장하는 카오스 속에 산 채로 들어가는 것이다. 존재란 정의의 표명이며 진실의 표명이다. 너는 그것의 한계이며, 그래서 오류이고, 불운이며, 사고(事故)인 것이다. 그러나 나이도 없는 단일한, 깊은, 웅덩이 같은 사고.

네 삶을 네 삶을 채우고 있는 고통과 혼동하지 말라. 네 아이는 죽었다, 어제. 이미 옛이야기. 그것은 사실이어서, 너무나 죽은 사실이어서 네가 그것을 향해 가도, 네 삶이 그 사실 위에서 더 눈부신 빛을 발하므로 너는 그것을 볼 수도 없다. 넌 그것을 알지 못한 채 환한 빛 속을 걷는다. 너는 네 힘을 선택하면서 네 불행을 선택했다. 너는 너를 알기 전에 그것을 알았다. 네 눈에는 태양이 있다. 네 눈이 태양에 다가가기 위해서는 네 삶이 파괴되어야 했다. 그것은 절대와의 거래다. 네 존재가 그 값을 치러야 하는.

물질은 비가시적이다. 네가 이 이름으로 부르는 것은 이미지가 아니다. 진짜 물질은 완전히 뒤덮여 있다. 네가 그 물질을 보기 위해서는 네 영혼이 그 물질과 섞여 있어야 한다.

너는 네 영혼과 육체의 결합이다. 아니, 너는 네 영혼 그 이상이 아니며 네 몸은 이 만남 밖에서는 존재하지도 않는다. 눈을 떠라. 아무것도 너는 보지 못한다. 세계는 네 시선이 보는 이미지다. 만일 바다가 바다를 알기 원한다면 바다는 하늘만 보게 될 것이다.

물질은 영혼 속에 싸여 있고, 영혼이 자신을 알고 물질을 보는 것은 물질과의 관계를 알 때이다. 네 아이의 차가워진 몸 위에서 너는 죽음을, 네 이별의 상징을 본다. 이 창백함의 외양 아

래 헛되이 물질을 표상하려 한다. 나이 없는 네 눈물만이 아마
도 이 찾을 수 없는 요소를 닮았다. 수세기를 거슬러 지각된 종
소리처럼 네 고통의 바닥에서 이 요소는 열린다. 물질은 물질
을 지배하라고 너를 부추기는 사실들 속에 묻혀 있다. 물질은
네 눈물이 아니라, 눈물의 중력과 만나는 것이다.

물질, 네 존재의 위성 같은 존재, 영혼의 이미지 아래 감춰진
카오스, 그 빛에만 유일하게 보이는 카오스, 그러나 만남이 항
상 네 존재에 메아리를 주는 모성적 카오스.

너는 네 약혼녀의 창백함과 그녀가 너에게 낳아줄 아이의 죽
음만을 사랑했다. 그녀가 예감한 불행 속으로 네가 들어간 것
은 사랑 때문에, 아니 네 영혼 때문에였다.

너는 널 되찾지 못해도 네 삶의 사실들을 끝없이 추가해나갈
것이다. 너는 그 내용에 그러나 포함되지 않는다. 그 사실들은
네 의지를 네 삶과 버금가게 만들기 위해 너에게 결핍되어 있던
것들일 뿐이다. 그 사실들이 네 삶을 어떻게든 구현시킨다. 네
가 너를 그 삶과 혼동하면 달을 보듯 그렇게 너는 미칠지도 모
른다.

6

독서에 열중하는 일이 어렵게 되었다. 늙는 인간은 머리를 들지 않고는 이제 생각할 수 없다. 나는 내 침대에서 뽑혀 나오고 싶은 사람처럼 벌떡 일어선다. 그리고 내 앞에 눈을 고정한다. 알아볼 사람들이 있어 그들을 발견하려는 것이다. 그리고 더 먼 것을, 한 지점을 보기 위해 내 힘을 모은다. 내 목소리로 힘들을 발사하고 싶다. 나는 내 생각이 도처에서 터졌으면 한다. 인간들은 오로지 비상하며 도달한다.

그림자처럼 가벼운 나라는 사람을 만든 내 존재를 나는 찬양한다. 인간은 모두 나처럼 상처받았다는 것을 알게 된 것은 내 상처 덕분이었다. 상처받은 자들이 이끄는 몸은 부러지고 전락하였다가 어느 지점에서 스스로를 각성시키는 비현실적 이미지들에 의해 소생한다, 분명히. 그러나 곧이어 이미지들 아래서 자신의 무기력과 유사한 또 하나의 무기력을 발견한다. 우리가 말하듯, 현실은 그의 무덤이다. 나는 사물들의 비밀을 알기 위해 상처받았다. 사물들은 전락한 빛이다. 그러나 다행히도 잊힌 빛이다. 나는 이 명징한 사실에 복종한다. 나는 태양을 향해 걸어간다. 비상하기 위해서가 아니다. 사는 것은 모든 한계를 돌파했다. 호흡하는 것은 모두 하나의 완벽이다. 지극선(善)이다. 내 영혼은 하나의 우회에 불과하다. 나라는 사람은 빌린 것에 불과하다. 나라는 사람을 느끼는 일에는 내 이름으로 고통받는 부분이 있다. 한편 중립적인 세계가, 아니 훨씬 고상하고, 훨씬 공정한 세계가 있다. 나라는 자아 없이도 들어가는 세계, 이미 이런 존재 형태가 좋다. 여기서 '나'는 어떤 것과도 척지지 않는다.

의무라는 단어의 의미를 이젠 더 잘 이해한다. 내 의무는? 우선은 고통을 초월하는 것이다. 나는 정말 그 고통으로부터 내 심장을 구했다. 내 생명을 진흙탕 속에서 주웠다. 삶은 광선처럼 분명한 것이 되었다. 나는 내 과업을 본다.

내 과오는 내가 소유한 것이 내게 속한다고 믿은 것이다. 나라는 것은 거울 속에 나타난 대로다. 내가 보는 그대로다. 정말 그것만이 실재다. 만져보려고 갖은 애를 써보지만 만지면 거울에 비친 상일 뿐이다. 죽음은 내 안에 있다. 만일 내가 죽음과 혼인하는 것을 받아들이지 않는다면 죽음은 그냥 나를 데려가리라. 내가 보이는 물체 하나를 만질 때, 죽음은 그 물체를 보도록 내 시선을 손에 피신시킨다.

존재는 더는 나눌 수 없는 것이다. 하나의 존재가 있다고 가정할 때 그 존재에 내용물로 주는 것은 우리가 그 존재에 대해 품는 모든 것이다. 그러나 그것을 어떻게 차가운 피로 말할 수 있을까. 내 생각을 긍정함으로써 나를 모든 존재로 감싸고, 그 모든 존재를 다시 부정 속으로 끌어들인다. 어떤 것도 한 인간의 존재를 보증할 수 없다. 존재하지 않는 것 속에서 불타 오르는 이 존재의 꿈 아니면. 모든 말은 그 메아리에 불과하며, 말을 반박하는 말로 살 뿐이다. 의식을 가진 삶의 핵심은 그것이 매우 끔찍하고, 극적이고, 감동적이라는 것이다.

어떤 것을 둘러싼 원이 있다. 그 원을 스쳐 움켜잡으면 비시간화될까? 사물을 그렇게 말하는 방식이 있을까? 사실들은 정신의 총체를 주체로 수용할 때만 그 총체를 흡수한다. 문지방에 있지 마라. 어두워도 집 안으로 들어가라. 거기서 네 눈은 불처럼 빛나고 그 빛은 너에게 원기를 줄 것이다. 암흑 속 존재의 충만감이 너를 총총하게 할 것이다. 왜냐하면 네 그림자로 네 독특한 사고를 할 거니까. 믿어라, 하늘은 더 밤을 향해 노 저어 나아가는 밤이다. 존재하다, 그것은 믿다, 이다. 있어라? 널 부수어버린 것으로부터 구조되어라, 그것이 있는 것이다. 그러면 널 잡겠다는 죽음은 죽음으로 들어갈 것이다. 그런데 만일 네가 피하려 한다면, 번개가 널 알아보려고 에워쌀 것이다. 하늘은 온통 번개 불빛으로 뒤덮이고 넌 피할 데도 없고 번개는 네 튀어나온 이마부터 후려칠 것이다.

태양빛을 각각 달리 받는 12시간, 이 시간들은 자신을 태양의 유일한 큰 딸로 여긴다. 시간에 자기를 내주는 대신 시간을 이끌어라.

내가 보는 것은 내 눈일 뿐이다. 내 안에서 시선이 된다. 늘 곁에 있는 어떤 것은 내가 쓰는 것 속에서 나만 본다.

잘못 태어나고, 잘못 자라고, 네 진짜 운명이 무엇인지 아느냐며 계속되는 암시로 내 삶을 배가시킨 메아리들. 나는 거기 갇혀 또 내 죽음을 애지중지한다. 그래야 태어나는 가장 자연스러운 방식이 느껴지기 때문이다. 그게 동의되는 순간, 사람에, 행동에 찬란한 깊이가 생겨 환하게 된다. 그것만도 어딘가. 나는 그걸 잊지 않으리. 내 존재는 연속되는 우화들로 계속해서 바뀌는 것 같다.

나는 흥미로운 사람이 아니다. 내가 더는 나를 인식하지 못할 때 나의 삶은 매력으로 가득 차리라. 나는 반응한다. 그리고 내 행동의 내용물은 내 현존을 꿈꾼다. 천천히, 나를 기다리기 위해, 알지 못하지만 나인 것을 깨운다. 하지만 이런 경험들을 누군가와 소통하려는 욕망은 밀어내야 한다. 이런 경험은 체험될 때만 알 수 있다. 그런 날이 올 것이다. 아니, 아마도 이미 가까이 왔을 수도. 내 사랑과 함께 내 삶 속에서 읽으리. 그러면 죽음이 있는 그대로 내게 나타나리라. 나를 받치고 있던 사건들의 신비한 차원. 인간은 어리석고, 알아채는 것도 느리다. 자기 돛들의 무게 때문에 가라앉는 선박처럼 나는 내 날들 때문에 나를 곤두박질치게 할 뻔했다. 시가 어떤 흥분에서 발생해서는 안 된다는 것을, 결핍의 결실은 아니라는 것을, 어떤 것에 반하는 것을 증언하는 게 아니라 자신의 모든 것을 수용한 한 사람의 전적인 참여를 기념하는 것이라는 것을 이해하지 못했다.

우리는 이 호텔을 떠날 것이다. 슬픔이 없는 것은 아니지만, 거기서 모든 여름을 다 보았다. 나는 내 여행 가방 고리를 채우는 게 귀찮다. 그래서 그 날의 마지막 시간까지도 서성이다 식당의 문지방을 넘는다. 키 큰 볼록거울을 본다. 입구의 종려나무를 본다.

내일 소포 끈을 묶을 시간이 있을 것이다. 검은 옷을 입은 한 소년이 반대한다. 내일이 출발이고 차는 새벽부터 나를 대기하고 있을 것이라고 말한다. 나는 낙담해 가져가야 할 책들에 눈길을 보낸다. 내가 읽은 페이지들만 챙겨간다면, 내 짐들은 나를 짓누르지 않을 것이다. 어머니가 나를 본다. 나를 도와주는 대신 이유 없이 불평한다. 피에르 시르가 내 옆에 서 있다. 그는 나에게 어떤 도움도 줄 수 없다. 여기까지 나를 따라와놓고 내가 다 감당하게 하나? 어머니의 반대에도 불구하고 나는 내 간호사를 부른다. 목소리를 높이며 그녀를 향해 간다. 팔만 뻗으면 닿을 것 같은데, 그녀는 내 말을 듣지 못한다. 나는 놀란다. 내가 부른 소리에 귀가 먹은 건지, 꼼짝도 안 한다. 그녀는 창문 앞에 가만히 서 있고 열린 창으로는 빙하가 펼쳐졌다. 나는 마지막으로 그녀를 부르며 그녀를 흔든다. 내 목소리가 컸는지 젊은 목소리가 들려온다. 답을 하는 것이다. 목소리는 싱싱하고 귀엽다. 나를 지키던 이가 왜 입을 다물고 있는지 이제 나는 알 것 같다.

그녀의 시선은 한 광경 속에 빠져 있다. 나는 그녀와 함께 그 광경을 보러 간다. 한 사내가 눈을 감은 채 눈 속에 누워 있다. 창백한데 부드러운 황금빛으로 물든 두 여자가 그를 지키고 있다. 내 눈 때문인지 이 환영이 나와 가까이 있는 것 같다. 비로소 이 설야(雪夜)가 은빛 반사되고 있는 거울 속이라는 것을 깨닫는다. 나는 이 뻗어 누워 있는 남자에게서 나를 본다. 이 전조 앞에서 나는 기쁨의 소리를 지른다. 왜냐하면 내 죽음이 비로소 가시적인 것이 되었으니까. 내 죽음은 이미지에 불과했는데. 나는 산 자들에게 더듬더듬 작별 인사를 한다. 가져가고 싶었던 그림들을 나는 본다. 마침내 손들이 하나씩 서로 엮인다. 나를 지탱해주는 팔들 사이에서 나는 몸이 뻣뻣해진다. 모든 소리가 동시에 꺼진다. 공간은 굳어버리고 내 살과 붙어 한 덩어리가 된다. 날 가둔다. 내 몸만 나는 느낀다. 내 몸을 더 이상 떠나지 못할까봐 두려워지기 시작한다. 차가운 공포 자리에 침묵이 들어선다. 내 부동 속에 무덤의 형태가 새겨진다. 나는 나를 다시 부여잡는다. 움켜쥔다. 옆구리를 날려 마법을 끝내리라.

이제 햇빛이 들어온다. 창문 옆에 있는 그림들을 황금빛으로 물들인다. 나의 간호사는 회색 머리가 이젠 없다. 내 방 구석만 완전히 밤이다. 알 수 없는 손이 붉은 패랭이를 거기에 꽂아놓았다. 창문을 연 건 그녀다. 내가 그녀를 보고도 놀라는 기색을 보이지 않자 그녀가 놀란다. 몇 달이 지나도 그녀는 돌아오지 않을 것이다. 아니, 돌아올 것이다. 누군가 그녀에게 말했다. 삶은 아름답다고. 아냐! 삶은 둥글다. 그녀는 자신이 앉아 있던 의자를 다시 자기 자리에 놓을까?

내 간호사가 약간 정리를 한다.

"패랭이꽃 위에 그림자를 드리운 그 붉은 장미를 내게 가져다 줘요." 하고 그녀에게 말했다. "내 침대에서는 장미가 보이지 않아요."

그녀가 나에게 꽃을 내밀며 내 기도를 반복하게 한다.

"몇 년 후에는 여자 방문객들이 당신 옆에 더 가까이 와서 앉을 거예요. 당신을 보는 것 말고 다른 기쁨이 있겠어요? 하지만 당신은 그녀들이 하는 말을 듣기 힘들겠지요."

7

동방의 여름. 그림자가 집들을 감싼다. 7월의 환희를 뭐라 이름 지을지 생각하지 않는다. 채워진 허기 가운데 느끼는 희귀한 맛을 닮았다. 세상의 모든 성숙의 광휘를 독촉한다 할까. 스르르 잠이 드는 일은 그윽하다, 감미롭다. 게다가 깨어나는 일보다 덜 고통스럽지 않나.

삶에 대해 말하곤 했다. 우리가 그 모든 책임을 지지만, 우리에게 피난처를 제공하는 은총이라고. 그런 식으로, 한 영토의 부드럽고 웃음 짓는 공기는 이미 언어다. 보이지 않지만 하프 줄이 이미 언어 쪽으로 팽팽히 당겨져 있다. 거기 말들이 들어 있다. 언어가 거기 있다.

우리는 삶을 이끈다. 아니, 삶이 우리를 이끈다. 우리 삶은 우리를 삶으로부터 떨어뜨려놓지 않는다. 그러나 그 결합은 그렇게 밀착되어 있지 않아 조정 심리가 모호하게 일어난다. 강 속에서 물살은 흐름을 따르고, 우리 의식 속에도 노선이 생기나 우리는 그것을 잘 구분하지 못한다. 그런데 갑자기 이게 아니라는 생각이 든다. 그러니까 길을 낸 건 우린데 시간이 한참 흐르고 나니 우리가 그 길을 따라가는 것 같기 때문이다. 겨우 우리 시간 한가운데 도착했다. 우리의 그림자가 이 하늘길 위에서 우리를 앞서간다. 우선은 그림자가 먼저 우리를 쫓아왔고,

우리는 홀로 그림자를 올라탔다 그 꼭대기에서 그 그림자 뒤로 다시 내려온다. 와해되는 몸, 그 몸에 생명을 주는 것은 멀리 떠났다 다시 돌아오는 일인 것 같다. 무거운 사지로 자기 앞에 높인 경사를 타고 다시 올라가는 일인 것 같다. 마치 전투 후 망가진 몸을 지하 피난처 안으로 들이는 일 같다. 내가 태어나는 순간 위에 몸을 드러눕혀 내가 죽을 수도 있는 순간이 가능할까? 그 순간을 내 가쁜 숨결로 건너, 얼른, 교묘하게, 들어가고 싶다. 살아남은 사람들까지 숨을 끊어놓는 모든 투쟁을 피해 죽고 싶다. 다른 것이 아닌 나 자체의 무게에만 짓눌리고 싶다. 내 시신은 죽음한테만 넘겨주고 싶다.

말과 내가 더는 구분이 안 된다. 내 추억은 희망의 대상이다. 말은 두 가지 성(性)을 갖는다. 말은 정신을 태어나게 하는 내 욕망이며 출산 자체이다.

그것은 그 안에 있는 것으로, 나는 그 표명일 뿐이다. 나는 나에게 도달하는 사건의 주체가 아니다.

내가 포착한 형이상한 것들을 내 존재 조건에서 나온 생각에 매번 종속시키려는 광기. 만일 내 이성을 더 치밀하게 엿보았다면, 나는 그것이 나 자신으로부터 훨씬 더 자유롭고 내가 전제했던 것보다 훨씬 더 자율적임을 알았을 것이다. 이성의 첫 행위는 약하고, 불완전하고, 가냘픈 우리 안에 나타난 것을 타자 속에서 보고 감탄하는 것이다. 인간은 우리 상상력의 산물로만 존재한다. 우리는 사물들에서 이 도드라진 부조를 질투하기까지 한다. 왜냐하면 우리가 우리를 관찰할 때는 이런 게 보이지 않기 때문이다. 용기를 내 이를 시인하자. 인간은 자기 영역 밖에 존재한다. 인간은 존재의 음화이다. 완전히 자신을 지우는 것보다 이것이 오히려 괄목할 만한 향상이다. 역설은 매우 중대해 보인다. 우리 존재는 정복될 것인가? 솔직히 나는 그것을 믿는다. 우리는 추락 중인 존재이며, 유형(流刑) 중인 존재이다. 또한 삶으로부터 동떨어져 있는 치명적 추위이다. 대기를 정화하는 특권과 물에 응집력과 견고함을 주는 특권과도 같은 그 치명적 추위. 난 이해했다. 난 내 허무를 그늘에서 거둬들이고 싶다. 빛을 받아 마땅한 현실의 그늘 말이다. 내 손으로 내 흔적을 지우는 한 신기한 물체를 벼리어내고 싶다.

어느 날 아마도 너는 완전한, 하나도 손에 닿지 않은 것 같은 아름다운 물체를 완성하게 될 것이다. 너는 할 것이 더도 없지만 덜 있는 것도 아니다. 하나의 시는, 동화는, 텍스트는 자기 비밀을 간직한다. 신을 대신한다. 널 보지 않는다 해도, 신은 이미 네 안에 들어 있다. 그렇게 완벽한, 죽음만큼 농축되고 환원 불가능한 텍스트. 우리 시대의 표면에 이 신기한 물체들이 얼마나 남게 될까. 완성되지 않은 이 피조물들의 산물은 다소 스스로를 알기 위해 꿈을 꾸어야 한다. 수고롭게 자신을 모르는 편을 선호했던가. 완벽한 물리적 성분들이 너에게 초상화로 배달되었다. 이 성분들을 빼놓고는 너는 성공작을 만들 수 없으리라. 완성된 시들은 미덕이 있고, 고통을 치유한다. 내가 초래할 수도 있을 악을 무화한다. 나는 태생적 과오가 어디 머무는지 안다. 인간은 무엇이든 되기를 원했다. 한편 살아남을 수 있는 것은 불운을 정의하면서다. 그리고 그 불운에 무한한 열망의 차원을 열면서다. 그를 창조해낸 자에 애초부터 종속되기, 그의 과오로 인한 그의 허무에 대해 자유로워지기, 아니 장악해버리기. 배우자 없는 종속, 주인 없는 복종을 구체화하기, 돌의 형상을 띤 황홀경의 물체 속에 봉인된 듯 종속되어버리기. 피조물의 운명은 자기 무덤에서나 자기 자신을 알게 된다.

이것이 내 허무가 행한 내 존재의 의지이다. 모든 인간은 공허하지, 실존하지 않는다. 그림자처럼, 아니 그래서 자유로운 그림자처럼. 왜냐하면 그는 태양 덕분에 존재하기 때문이다. 그 빛을 공유하고 싶었다. 그러나 수많은 연기 속의 어느 연기처럼 사라지고 만다.

"네가 널 구한다고? 못 해. 널 올려, 널 비상시켜, 저 높은 신에게 데려가겠다는 네 가당찮은 노력은 오히려 심연을 만들어. 그럼 넌 신에게서 더 멀어지는 거야. 네가 구원해야 하는 것은 땅이야, 조약돌이야, 재야. 너의 의무는 공간과 시간의 구원을 조작하는 거야. 넌 저주받은 게 아냐. 저주는 너의 자조에 불과해. 괴물 같은 자유야.

네 고통들을 기억해. 쓰디쓰게 넌 말하곤 했지. 나는 의심한다. 그래, 모든 이성은 너라는 존재에 의문을 갖고, 네 죽음 속에서 교사(教師) 같은 목소리를 듣지. 네 죽음은 너처럼 이미지같은 거야.

나는 모든 것을 의심했고, 내 감각의 증언조차 의심했다. 왜냐하면 나는 내 죽음을 의심하길 원치 않아서지. 내 현존을 누가 만들었든 그것을 구원하는 것은 바로 나다. 나는 시간을 그려낼 것이다. 나는 공간을 그려낼 것이다.

그는 자신을 이 세계의 산물로서 알고 있었다. 거기서 의식이 되기를 원했다. 구원을 구현하려면 이렇게 꿈꾸는 방식으로밖에 안 된다.

이런 앎이 극치에 달하면 실존 따위는 무너진다.

8

그가 자신의 소명을 알았을 때 자신이 시인이었다는 것을 깨달 았다. 그리고 더는 시를 쓸 나이가 아니라는 것을 깨달았다. 그 러나 이미 관건은 그가 아니었다. 그가 마흔여섯이라는 것을 헤아리면서 그 사실을 알아차린 것이었다. "나는 아이가 아냐" 라고 그는 중얼거렸다. "나는 지금 나의 형제야. 나는 한 운명 의 구현, 그 삶은 감각적 형태." 시인은 나이가 없다. 시인은 태어난 다. 그토록 맑은 밤, 바다의 목소리. 아, 여기서 행복이란 이걸 기억해! 라고 말하는 것밖에 없다. 비석 위를 비추는 달빛 속 비둘기 구구구 소리. 그 앞에 호수가, 좀 더 멀리 바다가, 키잡 이가 달 모는 자의 이야기를 되풀이하는 동안 콧노래를 흥얼대 는 선원의 맑은 눈이 있다. 춤추는 마을, 종소리. 밤이다. 인간 이라면 아직 잠들지 않았을 것이다. 그는 그가 인간이라는 것 을, 그리고 소리를 내지르기 위해 태어났다는 것을 이제 막 알 았다. 그의 외침이 바다 소리와 함께, 저 광막한 하늘 뒤에 감춰 진 달들의 노랫소리와 함께, 고통스럽게 반짝이는 바다 위 돛 대의 불에 덴 바람 같은 독수리 소리와 함께 울려퍼진다. 그는 아직 자신의 울음을 모른다. 그 울음을 내뱉기 위해 태어났다 는 것을 이제 막 알았다. 그가 죽어야만 한다는 것을 알게 된 시 간에 비로소 그가 시인이라는 것을 안다. 그의 전 생애는 사랑하던 장소들, 그 현실 자체였다. 거기에는 노래밖에 없었다. 죽음을 뚫어지게 쳐다보며 자신의 별을 알아낸 그 불행한 자를 소환해야 할까? 그가 만질 수 있는 것은 환영 같은 존재라는 것도 그는 안다. 인간들의 언어 속에 있으니 불행하나 태어나는 공포는 사라지지 않나. 그의 목소리는 호흡일 뿐이다. "네 사랑을 위한, 너를 위한 심장일 뿐이다."

꿈 위로 내려오는 침묵을 두려워하라. 그러나 커다란 은빛 날개들을 조심하라. 그건 목소리의 하프.

나는 당신에게 달 모는 자, 그러니까 달을 뚫어지게 바라보며 달을 지배하는 이 승리의 사내에 공감한다고 말했다. 그것은 내가 그의 행복을 이해했다는 뜻이다. 그를 이해했다는 것은 아니어도. 그런데 정신적 평온과 관련하여 의구심이 들었다. 안개처럼 모호한 인간의 본성을 간파하는 것이, 인간 자체의 현실을 부인하는 것이 행복임을 나는 잘 안다. 그가 자신을 환영이라 여기면 가령, 그가 《어린 시절의 아픔》을 썼을 때, 그리고 이 책을 《분홍 손가락 사이의 그림자》라고 했을 수도 있었을 때, 이런 확신은 그에게 먼저 온 직감을 확인해주는 건가? 아니면 그 반대인가? 그는 한 인간의 삶이 어떤 사실들이 지나가면서 남기는 흔적들에 불과하다는 것을 알고 있었다. 물론 그러려면 육신 자체의 지속성이 담보되어야 한다. 그가 아니라 그의 상처가 문제였다. 그게 더 실재였다. 그의 상처가 그에게 남긴 몇몇 불편함 때문에 오히려 그의 삶은 뻔한 그와 흡사하지 않을 수 있었다.

자정, 도시는 잠 속에서 뒤집힌다. 극장 문들이 닫힌다. 노인들은 천천히 극장에서 멀어진다. 젊은 커플들은 콧노래를 부르며 발길을 재촉한다. 몇몇 아가씨들은 뒤돌아보지도 않고 자기 집으로 올라가고, 그 가운데 제일 예쁜 여자는 아름드리 테두리 베네치아식 거울 앞에서 여름 드레스를 벗는다. 그녀의 눈빛은 환상들로 가득 차 아직도 뜨겁다. 환영 같은 네 존재에서 떼어낸 모든 것을 너의 인간적 체험과 결부시켜라.

너의 시선의 원천인 어린이의 눈으로 그것을 말하라. 너의 삶은 사랑밖에 없다. 너의 상처와 너의 혐오감으로, 아니 예쁜 아가씨만 보면 커지던 너의 눈, 그 건달기(乾達氣)로 그것을 말하라. 삶은 시선의 도취라고 말하라. 눈물로 그것을 맹세하라. 사랑, 가장 비싼 네 재산.

오, 네 눈 속에서 열린 마음, 너는 사랑하고 보기만 하면 된다. 그 평온한 매력. 다른 사람들이 널 보지 않고도 감상할 수 있는 것, 그런 것이 있다. 네가 기다리는 모든 것, 거대한 그림자가 네 안에서 그것을 바라고 바란다. 여명처럼 느리고 투명한 그림자가, 너의 최후의 시각에, 흑요석의 광채 속으로 들어갈 것이다. 너는 밤의 희망. 그러나 모든 것을 다 감싸기에는, 네 눈을 다 감싸기에는 밤은 너무 크다. 네 앞에서, 축제를 향해 걸어가는 작은 당나귀. 눈처럼 하얀 당나귀, 그 그림자가 딸랑딸랑 방울 소리와 함께 걸어간다. 한 영혼의 상태는 하나의 풍경이다. 네 시선이 너의 기쁨은 너보다 더 오래 지속되었다고 말했다.

9

한 친구가 널 보러 온다. 넌 그가 듣고 싶어 했던 것을 행복에 겨워 말한다. 그가 계단을 내려가자마자, 넌 그의 뒤에서 네가 그에게 말하고 싶었던 것을 형상화한다. 당신들이 헤어지자마자 당신들의 대화는 시작된다. 그가 곁에 있던 시간 내내, 네 존재에 대해 너에게 답했다. 너는 정신을 차리지 못했다. 홀로, 네 격리의 무게에 빠질 준비가 되어, 네 자신을 부를 수조차 없어 그를 부른다. 너는 그에게 말한다. 그의 답도 네가 만들어낸다. 넌 그를 상상하면서 부활한다. 홀로, 넌 네 자체의 부재이다. 만일 네가 타자의 현존이 아니라면. 네 이다음을 상상하기에는 넌 너무 말라붙은 심장을 가졌다. 넌 이미 잃어버린 지 오래인 모습에서 네 자신의 모습을 본다. 넌 네가 남겼을 수도 있을 아이와 대화한다. 넌 그 아이가 아니다, 넌 네가 창조한 산물이 아니다. 넌 널 초월하는 사건들의 위대함이다. 정신, 그것은 다른 것이다. 혼자가 되자마자 상상하는 것. 우리 같은 사람들의 모습은 각자의 무게에 짓눌려 거역하며 살다 보니 상당히 유아적이다. 그 무게가 우리 같은 피조물을 만드는 거지만, 늘 약간은 우스꽝스럽다. 물론 우리 존재 자체가 늘 과장과 공약 경쟁을 한다. 우린 덧없음 그 자체다. 우리가 그걸 모른다면야 얼마나 우스운 일인가. 우리 숭고한 행위들 속에 실은 하늘까지 코믹하다.

나는 꿈에서 보았다. 완전히 깨어났는데도 내 옛 고등학교의 추시계가 보인다. 지금 학생들은 나를 보지 않고 지나간다. 만일 내가 그들처럼 덜 존재했다면, 덜 실재 같았다면. 나는 그 어떤 것도 앗아갈 수 없는 삶을 꿈꾸었다. 어떤 누구도 정의할 수 없는 생존을 꿈꾸었다. 그리고 우연히, 그곳에, 나는 들어왔다. 또 곧 다시 나가야지만. 나는 나를 깨우면서 말했다. 삶은 스스로 우는 영원한 부드러움이라고. 거의 너무 다 말해졌다.

더는 존재하지 않는 자는 바다를 누르지도 않는다. 물결 위를 그는 걷는다. 배들은 그 무게 아래로 흘러간다. 만일 그가 다른 사람들의 삶과 섞여 있다면, 그는 그들의 죽음이 될 것이다. 그가 사랑하는 것은 덜 그인 것이다. 나는 앎의 행위로써 생존을 기획하고 구상한다. 단 형식이 아니라 내용에 국한하여.

최고조의 언어는 인간에게 원래 자연적으로 있는 것을 보편화한 것이다. 인간 주체이면서 객체이고 객체이면서 주체가 되게 만드는 언어이다.

나는 시디신 색들 위에서 눈을 뜬다. 나는 푸른 짚, 푸른 라피아 야자수 잎을 눈으로 만진다. 네가 느끼는 것은 모두 네 모든 것을 다 집중할 때다. 극도의 예민함. 너와 함께 사는 모든 것은 네 영혼 속에 모아지는 것에 예민할 것이다. 그것은 기도 자체를 빨아들이기 위해 하늘을 향해 몸을 돌리는 일이다. 빛을 스스로 발하는 형(形), 그게 생이다. 그림자 속에서 나를 보기 위해 나를 사랑해야만 하는 존재가 있다고나 할까. 그리고 내 눈이 발견하는 것 속에서 나를 찾는다고나 할까. 내 눈이 태양에서 끌어당긴 아름다운 것 속에서 나를 발견한다고나 할까. 저녁이다. 닫힌 덧창 위 열린 틈으로 창백하고 차가운 태양이 안뜰에서부터 완성되지 않은 노래와 함께 들어온다.

신에 대해서는 그런 말을 하지만 인간에 대해 어떻게 그리 감히 말할까? 거대한 존재감 속에서 보는 인간은 우선적으로 나타나는 것이 아니다. 일단 나타나기는 하지만 거기 늘 암유되어 있던 주체의 본성 속에서 주체가 갖는 동사의 의미를 심화하여 그 위대함을 본 것이다. 인간은 그렇다, 라는 확언 속에서 나는 인간을 이젠 보지 않는다. 우리 존재는 아는 자와는 다른 세계 속에 있다고 말할 것이다. 나는 인간이다, 라고 알고 있지만 나는 내존재를 이미지로만 안다. 나는 이야기 속에서 나를 알아볼 것이다. 그러니까 내 지워진 기억의 사실 속에서. 그러나 그 정확성은 내가 증명해줄 수 있는. 나는 생을 믿기 위해 진실을 고안해야 했다.

인간은 이미지일 뿐 표현된 게 아니다.

나는 미래란 나를 위해서만 실제적이었던 행위들 속에 숨겨있다는 것을 이해했다. 나는 당장 내 일기를 여행가방 안에 숨겼다. 한 여자 친구가 와서 그것을 찾아냈다.

인식의 자리에 의식이 반드시 있다. 인식한다, 라는 자리에 의식한다, 라는 것을 놓기. 거기에 모든 상상력을 써야 한다. 반면 인식한다, 라는 것은 지금 우리가 어떠한가를 보는 것이다.

인간은 진정한 고통을 부정한 경험에서만 느낀다. 부정한 것

이 그를 관통하고, 십자가에 못박는다. 그러면서 정의가 올 것
이라는 예감이 든다. 그러면서 그의 가슴 내부에 막막한 위대
함이 생긴다.

그렇게 나는 달몰이를 하는 자를 찾아 모험했다. 인간은 하나의 똑같은 기획을 계속해서 추구하는 것에 대해 여러 이유가 있어야 한다. 내 구실을 미끼로 불러들이기 위해 나는 구실들을 벼리었다. 그것은 우선 내가 내 심장에서 뜯어낸 책 한 권을 다시 만드는 일이었다. 이어 새로운 문장의 경영을 위해 시련의 장을 여는 일이었다. 결국, 매우 짧은 장들로 된 한 권의 책을 쓰고자 하는 마음과 여행처럼 그것을 읽는 일이었다.

나는 스승의 토가 밑에 비천한 자의 검은 작업복을 입는다. 누군가가 강단에 나를 앉혔다. 전임자는 죽었고, 나는 그것을 아는 유일한 사람이다. 만일 내가 이 소식을 공개하면 아무도 내 말을 듣지 않을 것이다. 왜냐하면 생수리의 모든 길은 내가 제자들을 모았던 교실을 통과하기 때문이다. 전동차와 자동차의 소음에 귀가 먹먹해진 그들은 말해지지 않은 것만 듣는다. 내가 스스로를 현자라 해도 되는 건지. 나는 책들을 뒤적거린다. 그리고 그들은 노트를 한다. 그들의 공책을 점검하면서 나는 여기저기서 배운다. 하나의 생각을, 하나의 문장을 익힌다. 나는 진보한다. 내게 단언을, 확언을 위험에 처하게 하는 일이 닥친다. 마치, 곧장 차 한 대가 멈춘 것처럼, 통행의 굉음이 작아진다. 어느 날, 나는 그들의 스승이 될 것이다.

보이지 않는 바닷가에서 내 수업을 복기하며 나는 산책을 한다. 곧 폭풍이 몰려올 것 같다. 파도 소리가 커진다. 내 어린아이 같은 목소리를 덮는다. 나는 안다. 침묵 속으로 그것이 나를 데려다줄 것을. 그리고 거기서 그것은 사라질 것이다. 나는 내 왼쪽 팔 아래다 장밋빛 종이 표지의 작은 책들을 끼운다. 내 여행 가방이 되어줄.

내 죽음으로 죽어야만 했던 저 멀리 있는 한 형제가, 그런데 나처럼 방향을 튼다. 그리고 나처럼 그의 책에 눈을 내리간다. 해안가에 면한 동네. 우리의 운명은 같은 것, 그러나 지평선의 카오스가 지속되는 만큼 분리될 수 없는 단 하나의 것인 우리의 근심 아래 분리된 우리 생각을 놓는다.

전에 나는 생이 아니었던 한 진리에 의해 본성들의 차이가 격화되었다고 썼다.

계열 21
사건에 대하여

사건은 납득되어야만 하는 것,
원해져야만 하는 것,
일어난 것 안에서 표상되어야만 하는 것이다.
―질 들뢰즈, 《의미의 논리》

이 글은 질 들뢰즈의《의미의 논리》에서 조에 부스케를 다루는
'계열 21 : 사건에 대하여' 장을《달몰이》의 번역자가 옮긴 것이다.
고딕체는 원문의 이탤릭체를 반영한 것이며,
작은 따옴표는 번역자가 의미를 강조하기 위해 붙인 것이다.

구체적으로 혹은 시적으로 살아가는 방식을 가리켜 스토아적이라 명명하는 일이 가끔은 망설여진다. 어떤 상처와의 매우 사적인 관계를 지시하는 데 있어 어떤 학설명은 너무 이론적이거나 너무 추상적으로 보일 수 있어서다. 그런데 학설은 어디서 연유하는가? 사색해볼 만한 일화들이 많아 모범적인 자극이 되는 상처 혹은 생생한 아포리즘의 학설 같은 것도 있지 않은가? 그런 게 있다면 조에 부스케를 스토아주의자라 불러야 마땅하다. 조에 부스케는 그의 몸에 깊이 파인 상처를 절대 순수 사건과도 같은 영원한 진실 안에서 파악한다. 사건들이 우리 안에서 실행되니, 사건들은 우리를 기다리고, 우리를 열망하며, 우리에게 신호를 보내기에 이른다. "나의 상처는 나 이전에 존재했다. 나는 그것을 구현하기 위해 태어났다."[1] 이런 의지에 도달하기, 그래서 사건이 우리에게 무엇인가 하게 하기, 우리 안에서 만들어지는 것의 거의 주요한 동인이 되기. 표면도 만들고 안감도 만드는 '오페라퇴르(Opérateur)'가 되기, 즉 공정(工程) 수행자가 되기. 그래야 사건이 내 안에서 성찰되고, 재발견되고, 무형적이면서도 초감각적으로 느껴지므로. 그러면 사건이 스스로 '중성적 광채(splendeur neutre)'를 발한다. 그

---

[1] 거의 전체가 상처, 사건 그리고 언어에 관한 성찰과 사색인 조에 부스케의 작품에 관해서는 〈카이에 뒤 쉬드(Cahiers du Sud)〉(No 303, 1950)에 실린 다음의 두 주요 논문을 참고하라. 르네 넬리, 〈조에 부스케와 자기 분신(Joë Bousquet et son double)〉, 페르디낭 알리키에, 〈조에 부스케와 언어의 모랄(Joë Bousquet et la morale du langage)〉.

것은 보편적이냐 특수하냐, 집단적이냐 개인적이냐, 즉 소위 '세계 시민' 되기의 차원이 아니다. 오히려 그 이전의 문제, 즉 '인칭이 따로 없고(impersonnel)', '개체나 개인으로 되기 그 이전(préindividuel)'이 되는 차원이다. "모든 것이 내 삶의 사건들 속에 이미 있었다. 내가 그 사건들을 내 것으로 만들기도 전에. 산다는 것은 그 사건들에 걸맞은 나를 만들어가는 나를 지켜보는 일이다. 마치 나로부터 나온 것만이 최고의, 완벽한 사건이라는 것처럼."

혹은 모랄은 어떤 의미도 없다. 아니, 모랄이 뜻하는 것이 바로 이것이다. 아니면, 이렇게밖에 말할 수 없다. 우리에게 일어난 일을 겪을 만한 자가 되기. 일어난 것을 부당한 것으로, 마땅하지 않은 것으로 보기 시작하면(가령 항상 다른 누군가의 잘못이라 여기기) 우리 상처는 혐오스러운 것이 되고, 사건을 못 받아들여 분개하는, 사적인 분노밖에 안 된다. 이보다 더 나쁜 의지는 없다. 정말 비도덕적인 것은 도덕적 개념을 항상 들먹이는 것이다. 옳다느니 옳지 않다느니, 맞다느니 틀리다느니. 그렇다면 사건을 원한다는 것은 무슨 의미인가? 전쟁이 오면, 전쟁을 받아들인다는 건가? 상처가 생기면 상처를 받아들인다는 건가? 죽음이 오면 죽음을? 체념이 분개의 한 모습일 수는 있다. 실제로 그런 모습을 많이 띤다. 만일 사건을 원한다면, 우선 사건에서 영원한 진실을 끌어내야 한다. 영원한 진실이란, 스스로의 화력으로 타는 불길 같은 것으로, 이런 원함은 어느 지경에까지 이르는가 하면, 전쟁이 반대되어지면서 전쟁이

196

일으켜지고, 상처가, 온통 상처투성이 같은 생생한 흔적을 남기면서 상처가 되고, 모든 죽음들에 대한 반발로 도리어 죽음을 강렬하게 원하게 되는 일이다. 의지적 직관 혹은 위대한 전환. 부스케가 말한다. "나는 의지의 실패라 할 죽음에 대한 감상적 취향을 의지의 피날레라 할 죽음에 대한 열망으로 바꾸었다." 취향에서 열망으로. 여기서 의지의 변화 말고는 어떤 것도 바뀐 게 없다. 말하자면 온몸으로 도약하듯, 체질적 의지를 정신적 의지로까지 바꾸는 것이다. 이제 일어난 것만이 아니라 일어난 것 속의 어떤 것, 일어난 것에 순응하기 위해 생기는 어떤 그 모든 것까지 다 원하는 일이다. 달리 말하면 힘들지만 유머를 잃지 않는, 일종의 순응 법칙을 잘 따르는 일이다. 아모르 파티(Amor fati : 네 운명을 사랑하라)는 오로지 자유로운 인간의 투지로써만 이루어지는 것이라고 말하는 것도 이런 맥락에서다. 모든 사건 안에는 내 불행이 있으나 내 불행을 다 말려버릴 섬광과 광채 또한 있다. 그리고 그것이 정교하게 의도되어, 사건은 가장 조여진 뾰족한 끝 위에서, 작업이 수행되는 중인 예리한 날 위에서 행해진다. 정지 상태에서도 만들어지는 발생 효과 혹은 무염수태(無染受胎) 효과 같은 것이 바로 이것이다. 사건의 섬광과 광채, 그것이 사건의 감각이자 의미이다. 사건은 일어난 것, 즉 사고(accident)가 아니라 일어난 것 안에서 우리에게 무엇인가 신호를 보내며 우리를 기다리는 순수 체험 같은 것이다. 그렇다면 세 가지 선결사항이 있다. 사건은 납득되어야만 하는 것, 원해져야만 하는 것, 일어난 것 안에서 표상되어야만 하는 것이다. 부스케는 또 이렇게 말한다. "그냥 불행한 인간이 되어버려. 완벽하게, 찬란하게 네 불행을 구현해버려." 누구도 이보다 더 잘 말할 수가 없다. 누구도 이보다 더 잘 말한 적이 없다. 우리에게 일어난 일을 감당해낼 만한 자가 되기. 그래서 그것을 원하기. 거기서 사건을 끌어내기. 자기 사건들의 '자식'이 되기. 그렇게 다시 태어남으로써 탄생을 다시 만들기. 육체적 탄생과는 절연하기. 자기 작품들의 자식이 아니라, 사건들의 자식이 되기. 왜냐하면 작품은 스스로, 아니 사건의 자식에 의해서만 생산되므로.

'연기자(acteur)'는 신(dieu)처럼 하는 게 아니다. 오히려 역신(逆神, contre-dieu)처럼 한다. 연기자와 신은 시간의 독해에서 상반된다. 인간이 과거 혹은 미래로 포착하는 것을 신은 영원한 현재로 포착한다. 신은 크로노스(chronos)다. 신적인 현재가 완전한 원이라면, 과거와 미래는 둥근 원에서 양쪽으로 나뉜 두 선분이다. 한편, 연기자의 현재는 가장 좁고, 가장 조이고, 가장 순간적이며, 가장 점(點)적이다. 직선 위의 한 점에서 선을 자꾸 나누는 일을, 즉 과거-미래로 자신을 자꾸 나누는 일을 결코 멈추지 않는다. 연기자는 아이온(Aion)에 있다. 더 깊고, 더 충만한 현재 대신 기름얼룩 같은 현재, 미래와 과거를 포함하는 현재, 아니 바로 거기서 무제한의 과거-미래가 불쑥 솟아오르는 그런 현재다. 약간 광택이 나는 기름더께 외에 다른 두께는 없는 이 과거-미래 현재에 텅 빈 현재가 비친다. 연기자는 표상한다. 그러나 현재가 표상하는 것은 항상 '이미 지나간(déjà passé)', 그리고 '아직은, 그러나 곧(encore futur)'인 어떤 것이다. 반면 그 표상은 냉정하고 태연하다. 꺾이지도 않고, 반응하지도 않고, 괴로워하지도 않으며 갈라지고 나뉜다. 이런 의미에서 연기자의 역설이 있는 것이다. 끊임없이 앞서거나 뒤서고, 바라거나 떠올린다. 이 모든 것을 멈추지 않으며 어떤 것을 연기하기 위해 순간 속에 남는다. 연기자가 연기하는 것은 결코 인물이 아니다. 그것은 사건의 요소들로 구성된 하나의 테마(복합다층적인 테마 혹은 감각-의미 그 자체)이다. 개체니 개성이니 하는 한계에서 실제로 해방되어 소통하는 독창적인 테마이다. 연기자는 자신의 모든 개성을 한순간 속에 펴놓는다. 그 한순간은 아직도 더 나뉠 수 있는 것으로, 바로 그렇기 때문에 비인칭적이고, 개별화되기 이전의 역할이 가능해진다. 또한 하나의 역할을 연기하면서 다른 역할들을 연기하는 상황 속에 있게 된다. 역할과 연기자의 관계는 미래-과거와 즉각적 현재의 관계와 같다. 아이온에서는 둘이 충분히 잘 상응한다. 이로써 연기자는 사건을 실행시킨다. 그러나 사건이 사물들의 깊이 속에서 행해지는 것과는 완전히 다른 방식이다. 혹은 이런 우주적-물리적 실행화가 나름 그 방식을 이중으로 만든다. 매우 독특하게 표피적이면서도 그런 만큼 더 명확하고, 더 예리하고, 더 완벽하다. 그렇게 첫 번째 선을 먼저 설정하고, 거기서 추상적 선 하나를 끌어낸다. 그러면 사건은 윤곽 혹은 광채만 갖는다. 자기 고유 사건의 희극배우가 되기, 역-실행화(contre effectuation) 하기.

왜냐하면 물리적 혼융은 하나의 전체 원 같은 신적 현재 속에서 모든 층위를 다 포함하고 있기 때문이다. 그러나 각 부분에서는 얼마나 많은 부당함과 치욕을 겪는가? 우리에게 일어난 일 앞에서 우리는 얼마나 많은 공포를 느끼는가? 우리에게 일어난 일에 대항하고 싶은 분개심 같은 것, 식인을 하고 싶다가도 기생충 같이 되는 과정이 얼마나 많은가? 이런 유머는 추려내고 추출하는 힘과 떼려야 뗄 수 없다. 일어난 것(사고) 안에서 순수 절대 사건이 추출된다. 가령, 유머는 '먹다' 속에서 '말하다'를 추려내는 일이다. 부스케는 유머-연기자, 즉 희극배우적 자산을 끌어다 썼다. 그러나 쓰고 그 흔적을 반드시 지운다. 인간들과 작품들 사이에 그보다 더 선행적인 것, 쓰라린 고통을 내세운다. "세상의 가장 끔찍한 것들인 페스트에, 폭군에, 전쟁에 무상의 군림자라 할 희극적 행운을 갖다 붙여주기." 간단히 말해, 각 사안에서 "무염수태" 같은 몫을, 언어를, 원하기를, 아모르 파티(Amor fati)[2]를 끌어내기.

왜 모든 사건은 페스트, 전쟁, 상처, 죽음 같은 형태를 갖는가? 행복한 사건들보다 불행한 사건들이 더 많아서라고 그냥 간단하게 말하면 될까? 아니다. 왜냐하면 모든 사건에는 이중 구조가 있기 때문이다. 모든 사건 속에는 '실행하기'라는 현재적 순간이 있기 때문이다. 여기서 사건은 사안들의 상태 속에서 구현된다. 한 개인이, 한 사람이, 아니 '자, 이제 그 순간이

---

[2] Joë Bousquet, *Les capitales*, Le cercle du livre, 1955, p.103.

왔어'라고 말하는 사람이 추출하는 순간이 있다. 사건의 미래와 과거는 결정적 현재가 있을 때 가능하다. 그것을 구현하는 자의 시점을 통해서만 판단된다. 혹은, 그 자체로 주어진 사건의 미래와 과거가 있다. 그것은 모든 현재를 교묘하게 피해간다. 왜냐하면 어떤 것의 한정된 상태에서 자유롭기 때문이다. 그것은 '인칭이 따로 없는(impersonnel)' 상태, 개체나 개인으로 되기 이전의 상태(préindividuel), 중성적 상태, 보편적이지도 특수하지도 않은 상태, 즉 이벤툼 탄툼(eventum tantum), 바로 대사건의 상태이다. 그것을 표상하는 유동적 순간의 현재, 늘 과거-미래로 나뉘는, 역-실행화라 불러야 마땅한 것을 형성하는 현재 말고 다른 현재는 없다. 그러한 경우, 내게 너무 허약해 보이는 것은 내 삶이다. 나와 정해질 수 있는 관계 속에서 현재가 되는 한 지점을 내 삶은 늘 비켜가니까. 혹은 삶에 대해 너무 약한 것은 바로 나 자신이다. 내게 삶은 너무 큰 것이기 때문이다. 나와 아무런 상관이 없고, 현재라는 결정적 순간과도 아무런 상관이 없고, 다만 '이미 지나간(déjà-passé)'과 '아직은, 그러나 곧(encore-futur)' 사이에서 둘로 갈라지는 인칭 없는 순간과만 상관되면서 그 독특성을 도처에 던지는 것이 삶이기 때문이다. 이 모호함은 본질적으로 상처와 죽음의 모호함, 즉 치명적 상처의 모호함이다. 모리스 블랑쇼처럼 이를 잘 보여주는 것도 없다. 죽음은 나와 내 몸의 극단적 혹은 결정적 관계 속에 있으면서 내 안에 분명히 기초하고 있다. 그러나 이와 동시에 무형적인 것, 부정적(否定的)인 것, 인칭이 없는 것, 즉 나와 아무런 상관없이 그 자체 안에서만 기초하고 있기도 하다. 한쪽은 현실이 되고, 완성이 되는 사건 부분, 다른 한쪽은 "그 완성이 현실화될 수 없는 사건 부분"이다. 따라서 두 개의 완성이 있는 것이다. 실행화와 역(逆)실행화. 죽음과 상처가 다른 여러 사건들 중에 하나의 사건이 아닌 것은 바로 이런 점에서다. 사건은 죽음처럼 이중적이다. 자기이면서 자기 분신 속에서는 비인칭적이다. "죽음은 현재의 심연이다. 현재 없는 시간, 그런 시간과 나는 아무런 상관이 없고, 난 이런 시행(詩行)을 향해서는 뛰어들 수도 없다. 왜냐하면 그 죽음으로는 나는(je) 죽지 않기 때문이다. 나는 죽을 수 있는 권좌에서 내려왔다. 죽음으로 그 누군가(on)가 죽는다, 멈추지 않는다, 죽는 일을 끝내지 않는다."[3]

이 on은 우리가 일상적으로 쓰는 on과 얼마나 다른가. 인칭이 따로 없는, 분화된 개체 이전인 독특한 on인 것이다. 절대순수 사건의 on. 비가 올 때 쓰는 비인칭 주어 il처럼 그 무엇인가는 죽는다. on의 광채. 이것은 사건의 광채이며 제4인칭의 광채이다. 개인적인 사건들, 다른 집단적인 사건들이 따로 없는 이유이다. 더 이상 특별한 것도 일반적인 것도, 개별성도 보편성도 없다. 모든 것이 '단수적(singulier)'이다. 그래서 기이하고 특이하다. 집단적이며 동시에 개인적이며, 특수하며 동시에 일반적이다. 개별적인 것이, 보편적인 것이 따로 없다. 어떤 전

---

3) Maurice Blanchot, *L'Espace littéraire*, Gallimard, 1955, p.160.

쟁이 개인적인 일이 아닌가? 거꾸로 어떤 상처가 전쟁 같은 일에서 연유한 게 아닌가? 사회 전체에서 연유한 게 아닌가? 어떤 사적인 사건이 신상명세서를 갖지 않는가? 즉 사회적이고 객관적이면서도 유일무이한 성격을 갖지 않는가? 그러나 수치스럽고 비열한 일은 많다. 전쟁은 모든 사람과 관련된다? 아니 그건 사실이 아니다. 전쟁은 전쟁을 이용하거나 섬기는 자들, 달리 말해 분개하는 인간과는 관련이 없다. 각자가 자기 전쟁을, 특별한 상처를 가지고 있는 만큼 수치스럽고 비열한 일이 있다. 상처를 긁어대는 사람들이, 쓰디쓴 고통과 분개를 느끼는 인간들이 없다고 말하려는 것이 아니다. 다만 자유로운 인간일 때만 사건이 사건다워진다. 왜냐하면 그런 자는 스스로 사건을 납득했기 때문이다. 그리고 사건이 그냥 실행되도록 내버려두지 않았기 때문이다. 연기자가 역-실행화를 하듯 작업을 수행했기 때문이다. 자유로운 인간만이 단 한 번의 폭력으로 모든 폭력들을 이해할 수 있다. 단 하나의 사건으로서의 모든 치명적인 사건들은 더 이상 단순한 사고(accident)에 자리를 내주지 않는다. 개인한테서는 분개할 힘을, 사회한테서는 억압할 힘을 고발한다, 아니 박탈한다. 전제군주가 동맹자들, 즉 노예와 속국에 하는 것이 바로 분개를 프로파간다 하는 것이다. 혁명자만이 분개로부터 해방된다. 그럼으로써 억압적 질서를 늘 이용하고 이로써 득을 본다. 그러나 단 하나의, 똑같은 사건으로? 아니면 추출하고 정화한 것의 혼합으로? 모든 것을 뒤섞는 대신 그런 혼합 없이 매 순간을 조정하고 헤아리기. 그러면 모든 폭력과 모든 억압이 하나로 통일되어 단 하나의 사건이 된다. 이 단 하나의 사건으로, 하나(질문 중에 가장 가까이 와 있는 것이나 가장 마지막 상태의 것)를 고발하며 모든 것을 다 고발하게 되는 것이다. "시인이 요구하는 정신병리학은 개인적 운명의 음산한, 작은 사건이 아니다. 개인적 흠집이 아니다. 그의 몸 위를 지나가 그를 불구로 만든 것은 우유 트럭이 아니라, 빌노라는 게토에서 그의 조상들을 박해했던 백검(百黔) 기마부대들이었다. 그가 머리 위에서 받은 타격은 길거리 불량배 난투들의 타격이 아니라, 경찰이 시위대에 가한 타격이다. 만일 그가 귀머거리 천재처럼 소리를 지른다면 그것은 게르니카와 하노이의 폭탄이 그의 귀를 멍멍하게 해서다."[4] 그것은 움직이면서도 정확히 떨어지는 한 점이다. 모든 사건들은 그렇게 단 하나의 사건 안에 하나로 모이고, 그렇게 변동이 일어난다. 죽음이 죽음에까지 왔다가 거역하며 뒤돌아가는 지점. 이 지점에서 '죽는다'는 죽음이 해체되는 순간을 맞는다. 이 지점에서 '죽는다'는 '죽는다'의 비인칭성을 드러낸다. 내가 내 바깥에서 죽는

---

4) 클로드 로이가 시인 긴즈버그에 대해 〈누벨 옵세르바퇴르〉(1968)에 쓴 글.

5) Maurice Blanchot, *L'Espace littéraire*, p.155. "죽음을 죽음 그 자체로 고양하기 위한 노력, 죽음이 죽음 안에서 상실되는 지점과 내가 내 바깥에서 상실되는 지점을 일치시키기 위한 이 노력은 단순히 내적인 사건이 아니라, 일어난 일들에 대해 무거운 책무를 느끼는 일이 전제되어 있다. 그런데 그것은 일어난 일들 간의 매개를 통해서만 가능하다."

것만이 아니라, 죽음이 그 자체 내에서 죽어, 나를 대체하기 위한 가장 독특하고, 가장 유일무이한 생의 형상이 만들어지는 순간인 것이다.[5]

옮긴이의 글
날 부스러뜨리지 마
Noli Me Frangere

육신이 온전한 개체가 부상, 장애, 병마, 죽음과도 같은 육신의
고통을 겪는 다른 개체의 삶을 이해하는 일이 가능할까? 고통
이 사건인 이유는 그것이 누구와도 공유될 수 없는 자기 살〔肉〕
의 소관이고, 자기 물질계의 문제이기 때문이다. 물질계의 법
(法)에서 연기(緣起)하여 마음활동과 지각활동, 인식활동이 일
어난다. 우리가 남의 살의 고통을 안다고 하는 것은 마음 계
(界)로 안다는 것이지 몸 계(界)로 아는 것이 아니다. "아프지
마, 넌 나을 수 있어." 하고 타자가 위로의 말을 한다 해도, 그
말은 아픈 자의 살에 연고처럼 직접적으로 스며들지 못한다.
언어는 치료제가 아니다. 그런데, 그래서, 더 고통이다. 왜 계
(界)가 다른가.

　조에 부스케라는 이 다소 낯선 시인이 우리에게 조금이라도
알려졌다면, 그것은 철학자 질 들뢰즈 때문이다. 들뢰즈는《의
미의 논리》에서 한 장 전체를 할애하여 조에 부스케에 대하여
말한다. 그리고 '사건에 대하여(de l'évènement)' 말한다. 사고

(accident)가 아닌 사건(évènement). 나의 의지와는 상관없이 외부에서 온 어떤 (나쁜) 것, 즉 사고를 받아들이고, 이해하고, 결국 강렬하게 원하게 되는 일. 그리고 그렇게 되는 순간 사고는 에벤툼 탄툼(eventum tantum), 즉 대(大)사건이 되어 생명력 가득한 섬광과 광채를 발한다. 들뢰즈가 조에 부스케를 진정한 스토아주의자이자 가장 위대한 모랄리스트로 명명하는 것도 그래서다. 들뢰즈는 같은 단어를 쓰면서도 의미하는 바를 매우 예민하게 달리 쓰고 있지만, 여기서 모랄, 모랄리스트는 흔히 통용되는 것처럼 도덕적인 의무, 즉 모범적인 그 무엇을 해야 하는가의 문제가 아니다. 그것은 그냥 무엇이든 해야 하는 문제이다.

전장에서의 부상으로 하반신 불구가 된 한 파손된 개체가 마침내 진짜 시인으로, 소위 문화-존재로 비약하는 과정은 초월적 의지의 모범으로 표상될 만하다. 고통받는 이가 그 고통을 극복했다면 그것은 완치라는, 즉 과거에서 미래로 가는 일방향성을 지닌 매우 표상적인 하나의 영웅적 삶이기 때문이다. 그런데 만일 극복하지 못했다면? 그것 또한 삶인가?

삶이란 무엇인가? 들뢰즈가 부스케를 상처 혹은 자극으로 가득한 생생한 삶의 아포리즘의 대가라 부르는 것은 부스케가 초월적 의지로 자신의 몸에 온 사건을 극복해냈기 때문이 아니다. 부스케의 삶은 La vie, 즉 정관사로 표상할 수 있는 삶이 아니다. 우주 창공에 불도장으로 새겨진 현판을 걸어둘 수 있는 개념화되고 상징화된 삶이 아니다. 그것은 정할 수 없는, 위상이 없는, 표상할 수 없는 어떤, 하나의 삶이다. Une vie. 더 이상 하나의 방향을, 하나의 양식을, 하나의 시간성을 갖지 않는 삶, 특히 과거-미래라는, 크로노스적인 시간성을 갖지 않는 삶. 오히려 무방향적이고, 가연적이고, 촉진적이고, 자체적으로 분열하고 수렴하며, 타면서 길게 가는 열역학적인 삶, 아이온의 삶이다. 들뢰즈가 'Sens'라는 단어로 표상해내려는 삶, 그것은 의미라기보다 감각에 더 가깝다. 혹은 둘 다이거나. 그게 무엇이든 더 이상 하나의 방향을 띠지 않는 것, 그저 물적 속성을 띤 것, 기관(organ)의 속성을 띤 것, 그래서 어떤 외부세계 없이도, 타자 없이도 자체적으로 매우 오르가즘(orgasme)적일 수 있는 삶이다.

Une vie. 결코 정관사를 씌울 수 없는 내적 황홀경에 가까운 비밀스러운 체험. 단독적 체험, 일반화할 수 없는 막막(漠漠)한 체험. 주어의 인칭성, 개체성, 사회성, 세계시민성 따위로는 표현될 수 없는 은밀한 삶. 그러나 그 삶은 과일의 속처럼, 과일의 내용물처럼 단단하면서도 언제 흐를지 모를 즙을 가득 내재하고 있다.

"나는 난파선의 잔해 같으나 심해로 곤두박이치고 싶지 않다. 파도 마루에서, 이제는 없는 배의 실루엣을 끊임없이 그려대는 난파선의 잔해이고 싶다."

조에 부스케가 자신에게 일어난 사고에 대해 시종일관 글을 쓰는 것은 자기 연민에 사로잡혀 자신이 난파선이라고, 불구라고 하소연하기 위해서가 아니다. 심해에 곤두박이친 자신을 구원해달라고 요청하기 위해서가 아니다. 때론 파도 마루를 치고 올라와 푸른 바닷가 하늘을 나는 하얀 새라고 의기양양 말하기 위해서가 아니다. 아니, 이 모든 것이 통증의 악화와 완화처럼 생겼다가 사라졌다가 한다. 고통은 불연속적이다가 다시 또 연속적이다. 그의 병은 완치되지 않으며, 그의 글도 완결되지 않는다.

삶은 나날들이지만, 나날들은 진보하지 않는다. 부스케는 하루하루 고통을 살며, 잡히지 않으나 분명 느껴지는 실루엣 같은 것을, 횡설수설, 방황하며 끊임없이 그려댄다. 그는 왜 불현듯 그리스어 Procès에서 자신을 버티게 해줄 만한 교훈을 찾아냈는가? Procès는 일방향의 진보가 아니라, 점진했다 후퇴했다, 아래로 처박혔다 위로 들어올려졌다, 침울했다 환희하고 비약하는 일종의 조울증 같은 열기로, 그것이 무엇이든, 그 무엇이라도 하면서 엔트로피를 만들어내는 것이다. 그렇게 텅 빈 허무를 보완하는 것이다.

조에 부스케는 삶은 나날들이 아니라고 생각한다. 삶은 밀도

다. 질 들뢰즈가 찬란하게 표현한 것처럼, 삶의 밀도를 높이기 위해서는 신이 아니라 연기자처럼, 역신(逆神)처럼 살아야 한다. 다른 누가 아닌 스스로 표면을 만들고, 안감도 만들며 제 속에서 똬리를 틀어야 한다. 무엇이든 수행하고 작동시키는 연산자, 행위자. 삶은 명사가 아니라 동사다. "가장 좁고, 가장 조이고, 가장 순간적이고, 가장 점적인" 찰나의 물기둥 위에서 신들린 자처럼 춤을 추다 언제 그랬냐는 듯 납작하게 펴지는 물의 천을 따라 가라앉는다. 다시 침울한 물이 된다. 잔잔한 대양이 된다. 그러나 분명 맛보았다. 찬란한 섬광과 광채. 중성의 맛, 비언어성의 맛, 누구에게도 말할 수 없는 맛. 삶은 형상과 외양으로 살아지지 않는다. 오로지 제 속, 제 안에서만 감지되는 어떤 것, 그 기억만으로도 구심력을 발휘해 다시 솟구칠 수 있는 힘.

어둠의 방, 침대 압정에 고정된 날갯죽지 부러진 새 부스케는 사지의 감각 대신 시각의 감각으로 세계를 투시한다. 자신과 세계 사이에 놓인 수많은 오브제들, 현현하는 물체들, 우주 공간에 중력 없이 부유하는 물체들. 자신의 몸을 뚫고 들어온 발포 탄환들은 은빛 납벌떼들이 되었다가, 고막을 찢을 듯 윙윙대는 어둠 속의 벌이 되었다가, 창을 통해 들어왔다 날아가는 하얀 제비들이 되었다가, 사랑스러운 하얀 아가씨들이 되었다가, 사각사각 아롱다롱 드레스 자락 소리와 빛만 남기고 영문 없이 사라진다. 어둠 속에 서 있는 물체들은, 풀들은, 휘장들은 신사들이 되었다가, 친구들이 되었다가, 하계의 괴물들이 되었다가 한다. 시인과 세계 사이에 놓인 모든 물체들은 기의 없이 떠다니는 기표처럼 병렬된다. 꿈속 언어처럼 막연히 범람하는 병렬. 순환 논리도 없고, 스토리도 없는 사물들, 물체들, 사실들. 자연우주의 생이 그러한가? 삶은 총합되지 않는다. 하나의 값으로 산술되지 않는다. 고유한 요소들이 배열되고, 열거될 뿐이다. 시인이 투시하는 것은 이런 사물들이면서, 흡입하는 것은 그 사물들의 사물, 사물들의 어머니, 유영하듯 안아주고 품어주는 모성의 카오스다.

불구가 된 자기 몸에 대한 고통과 환멸, 수치, 치욕은 매 순간 왔다. 세계는 내게 적대적이다. 외부로부터 온 총알이, 사고가, 나를 망쳐놓았다. 사적인 분개, 의지의 실패와 좌절로 인한 자살 충동, 그것은 왜소한, 빛 잃은 죽음이다. 조에 부스케가 자신의 부스러기 몸을 거대한 우주의 별 부스러기로 깨달으며 체념하고 달관하는 순간, 그는 죽으면서도 큰 죽음을 죽는다. 부스케는 점점 흡월자가 된다. 인도의 크리야가 그의 수호신이 된다. 깊은 호흡, 완전한 호흡. 달의 외적 형상에 취하는 자가 아니라 달의 온 내용을, 온 밀도를 취하는 자, 흡입하는 자.

*

이 작품의 프랑스어 원제는 Le meneur de lune이다. 직역하면, 달을 끌어당기는 자. 내 존재 밖에 있는 세계, 달로 표상되는 우주적 세계. 나와 그 세계 사이의 거리는 광대하면서도 가깝다. 두 세계 사이의 끊임없는 인력으로 서로 하나가 되는 세계. 그 달을 바라보는 자가 이 책의 주인공이다. '달 모는 자', '달 끄는 자', '달의 지휘자', '달의 관장자'가 아닌 '달몰이'로 옮긴 것은, 사람이라는 주체에서 행위로, 풍경으로 심상을 전환하기 위해서였다. 그리고 우리말에 있지 않은 우리말, 그 낯섦, 그 음악성. 표지로 올린 르네 마그리트의 그림 〈걸작 혹은 지평선의 신비〉는 똑같은 모양의 초승달을 바라보는 같은 남자의 각기 다른 세 자세와 세 방향을 표현하고 있다. 많은 암유를 띤 이 신비한 그림을 어떻게 보아야 할까? 우리는 달을 보듯 이 그림을 한없이 관조하게 된다.

번역하는 내내 머릿속에 떠다니던 문장이 있다. 놀리 메 프란게레(Noli me frangere). "날 부스러뜨리지 마." "날 파편으로 만들지 마." 번역문은 분명 원문을 파괴한다. 이것이 번역의 페노메나이다. 이미 파손이 되고, 파편이 된 조에 부스케의 몸. 그의 글을 번역하는 내내 그의 슬픈 명령어가 들리는 듯도 하였다. 내가 지금 하고 있는 일이 파손 행위는 아닌가, 자책이 들기도 하였다. 글-흙을 퍼내 옮기는 과정에서 더 부스러기로 만들고, 임의대로 짜맞추어 문장의 조합에 변경을 가하는 일도 있었다. 그러다 보면 형용사는 명사로, 명사는 동사로, 복문은 단문으로 많이 변화되기도 했다. 그러나 오로지 그의 톤만은 따라가며, 그의 마음속을 전하고자 유념했다. 번역은 파손하는 것을 알기에, 하면서도 고통스러운 일이다.

저자 소개

내 이름은 조에 부스케, 나는 두 번 태어났고, 두 번 죽었다.
Je m'appelle Joë Bousquet, je suis né et mort deux fois.

지은이 조에 부스케는 1897년 3월 19일 프랑스 나르본에서
태어나 1950년 9월 28일 카르카손에서 사망했다. 카르카손은
중세의 성과 요새가 남아 있는 아름다운 유적지이다. 1914년
전쟁이 일어났고, 수많은 젊은이들이 전쟁터로 나갔다. 문학을
꿈꾸었던 열아홉 살 청년 조에 부스케는 의사 아버지의 반대를
무릅쓰고 1916년 자원입대했다. 1918년 5월 27일 바이이 전
투, 독일군이 발포한 탄환이 그의 척추를 관통했다. 하반신 불
구가 된 그는 남은 생 모두를 카르카손 베르덩 53번가 자택 침
실에서 보냈다. 그의 방 덧창은 늘 닫혀 있었다. 조에 부스케는
죽기 전까지 부상의 후유증으로 고통에 시달렸다. 자살을 기도
했다. 아편을 피웠다.

어느 날부터인가, 조에 부스케는 자신의 몸에 당도한 사건을
전혀 다른 차원의 사건으로 만들어나가기 시작한다. 절망하는
대신, '공부'한다. 좁은 방 침대에서 죽어가는 자신의 불구의 몸
을 유영하는 우주 속 한몸으로 인식하기 시작한다. 그를 구원

할 것은 치료도, 신도, 천사도, 관념도, 감상도, 이상도, 철학도 아니다. 부스러기 자신이 합일되어 있을 자연적·물적 세계 자체에서 생의 비밀을 찾기 시작한다. 그리고 그것이 가장 시적인 세계임을 언어로, 문학으로 증언한다.

조에 부스케와 그의 방은 전설이 된다. 수많은 작가와 화가들이, 아름다운 여자들이 그가 유폐된 방을 다녀간다. 폴 엘뤼아르, 막스 에른스트, 장 폴랑, 루이 아라공, 르네 마그리트, 시몬 베유, 그리고 갈리마르 가의 사람들. 또 그가 사랑한 지네트, 마르트, 제르멘. 같은 날, 같은 전장에 있었던 화가 막스 에른스트는 그와 가장 절친한 친구가 되었고, 그의 방은 에른스트의 그림으로 가득 찬다. 또한 그의 방은 레지스탕스의 아지트였다.

1928년 《작업장(chantier)》이라는 잡지를 창간해 다른 문인들의 글과 함께 자신의 글을 발표하고, 같은 해 《바람의 약혼녀(La fiancée du vent)》《정말 어두워선 안 된다(Il ne faut pas assez noir)》 등의 시집과 소설 《어느 겨울 저녁의 랑데부(Le Rendez-vous d'un soir d'hiver)》를 발표한다. 1940년에는 잡지 《남쪽의 노트들(Les Cahiers du Sud)》을 창간한다.

1941년 갈리마르에서 《침묵에서 번역된(Traduit du Silence)》이 출간되었고, 모리스 블랑쇼는 이 책에 매혹되었다. 블랑쇼는 곧바로 서평했으며, 블랑쇼의 소설 《아미나다브(Aminadab)》가 나오자 이번에는 조에 부스케가 곧바로 서평한다. 1945년에는

《저녁의 인식(*La connaissance du soir*)》을 발표했고, 1946년에는 정신병원에 10년째 수용당해 있던 시인 앙토냉 아르토를 빼내기 위해 다른 문인들과 함께 분투한다. 그리고 7월, 정성들여 준비한 《달몰이》를 발표한다. 《달몰이》는 부스케의 자화상이다.

조에 부스케는 훗날 철학자 질 들뢰즈에 의해 완벽하게 재평가되었다. 들뢰즈는 《의미의 논리》 제21 '사건' 장에서 조에 부스케를 진정한 스토아주의자이자 가장 위대한 모랄리스트로 명명한다. 그 이유는 모랄이 '무엇을 해야 하는' 문제가 아니라 '무엇이든 해야 하는' 문제이기 때문이다. 상처든 전쟁이든 죽음이든, 아니 그 무엇이든, 좋든 싫든, 어떤 식으로든 받아들여야 하고, 그것을 받아들일 만한 자가 되어야 하기 때문이다. 사건(évènement)은 사고(accident)가 아니다. 내게 온 '사고'를 온 몸으로 구현하는 것만이 '사건'이다.

달몰이

초판 1쇄 발행 2015년 9월 1일
초판 4쇄 발행 2024년 12월 10일
지은이 조에 부스케
옮긴이 류재화

발행인 박지홍
발행처 봄날의책
등록 제311-2012-000076호 (2012년 12월 26일)
주소 서울 종로구 창덕궁4길 4-1 401호
전화 070-7570-1543, E-mail springdaysbook@gmail.com

기획·편집 박지홍
디자인 공미경
인쇄·제책 한영문화사

ISBN 979-11-86372-02-9 03860

이 도서의 국립중앙도서관 출판시도서목록(CIP)은
서지정보유통지원시스템 홈페이지(http://seoji.nl.go.kr)와
국가자료공동목록시스템(http://www.nl.go.kr/kolisnet)에서
이용하실 수 있습니다.(CIP제어번호: CIP2015022975)